白马河之恋

泾河 著

哈尔滨出版社

图书在版编目（CIP）数据

白马河之恋 / 泾河著. -- 哈尔滨：哈尔滨出版社，2021.7
　ISBN 978-7-5484-6198-2

Ⅰ. ①白… Ⅱ. ①泾… Ⅲ. ①文学－作品综合集－中国－当代 Ⅳ. ①I217.2

中国版本图书馆CIP数据核字（2021）第147776号

书　　名：白马河之恋
　　　　　BAIMAHE ZHI LIAN

作　　者：泾　河　著
责任编辑：韩金华
责任审校：李　战
封面设计：树上微出版

出版发行：哈尔滨出版社（Harbin Publishing House）
社　　址：哈尔滨市香坊区泰山路82-9号　　邮编：150090
经　　销：全国新华书店
印　　刷：武汉市籍缘印刷厂
网　　址：www.hrbcbs.com
E-mail：hrbcbs@yeah.net
编辑版权热线：（0451）87900271　87900272
销售热线：（0451）87900202　87900203

开　　本：880mm×1230mm　1/32　　印张：8.75　　字数：167千字
版　　次：2021年7月第1版
印　　次：2021年7月第1次印刷
书　　号：ISBN 978-7-5484-6198-2
定　　价：68.00元

凡购本社图书发现印装错误，请与本社印制部联系调换。
服务热线：（0451）87900279

序一

本真绽放,再现生活

小时候常听母亲说起"北山"这个词,因为她是南方人,我理解这是对关中以北的称谓。后来才发现所谓的"北山",指的是渭北高原以北、子午岭以南的区域。我的故乡富县正好位于子午岭东侧,地域划分属渭北高原,风土民情、口音等都和旬邑、彬县差不多,所以我也算是北山人了。我的几部长篇小说及一些中短篇小说里有一个叫"北塬"的地方,是我精神的故乡,其实它是和北山差不多的。

泾河(本名赵忠虎)出生在彬县(现彬州市),那里是渭北高原的最南端。认识泾河是一次偶然机会,他是我们原上的女婿——他夫人与我妻子是同乡,从小一起耍大,后来各奔东西,多年没有联系,再见面时已是中年,一见如故,感慨良多，于是频频相聚。泾河作为家属前来做客，给人的印象是朴实、低调、和蔼，对文学表现出浓厚的兴趣。他说自己业余时间喜欢看书，也写了一些小说。我让他发给我他的新作，泾河发给我的是一部中篇小说——《白马河之恋》，有四万多字。那段时间我正在创作一部长篇报告文学，随手便放下了。这一放便是几个月，他也不催，我就忘了。过了一段时间，泾河说这篇小说被一家杂志发表了，祝贺之余，找出小说看了一段，觉得不错，便一口气读完。小说构思精巧，行文流畅，叙述从容，情节跌宕起伏，结构完整，引人入胜，人物塑造得生动鲜活，凄美的爱情令人感动。于是便打电话与他交流，并提出修改意见，希望能压缩到三万字左右，在《西北文学》上发表。很快，泾河便发来了修改稿，删掉了比较拖沓的描写及旁枝旁叶，这篇小说便以完美的姿态呈现出来，受到读者好评。后来我又陆续读了他的小说《丑牛》《北山往事》《一根稻草》，发现他的作品，在主题提炼、结构布局、人物形象刻画、创作表现手法、语言叙述等方面都日趋成熟，值得期待。

《白马河之恋》是泾河的一部作品选集，收录了泾河的一部分中短篇小说、散文、文学评论。除了《白马河之恋》，《北山往事》也是这部文集中分量很重的一部作品，它以北山这一特殊地域为背景，以李桃花、常金宝等人物在民国时代发生的故事为线索，全方位展现了北山地区的风土人情、市井风貌。人物生动鲜活，情节跌宕起伏，悬念丛生，引人入胜。主人公李桃花及常金宝的人生大起大落,非常传奇,特别是常金宝最后的命运,令人扼腕叹息,唏嘘不已。还有短篇小说《丑牛》《一根稻草》《隔壁老王》等,这些作品都是在报纸、杂志上发表过的,是从他近年来创作的大量文学作品中精选出来的优秀作品。作品有时代特点,有生活气息,真实地呈现了发生在社会底层群众身边的充满喜怒哀乐和悲欢离合的故事。

期待泾河厚积薄发,创作出更多更好的文学作品。

高鸿

2020 年 4 月 22 日于闲云阁

高鸿 陕西富县人，中国作家协会会员、陕西长篇小说委员会委员、咸阳市文联主席、西北文学研究院院长、《西北文学》主编，陕西"百优计划"文艺人才，享受政府津贴专家。已出版长篇小说《沉重的房子》《农民父亲》《血色高原》《黑房子 白房子》《青稞》（《爱在拉萨》）《情系黄土地》《平凡之路》，长篇报告文学《艰难超越》《一代水圣李仪祉》《水无穷处》及中短篇小说集、散文集等600余万字。《农民父亲》荣获第二届吉林省新闻出版精品奖、第二届柳青文学奖优秀长篇小说奖；散文荣获"孙犁文学奖"第二届散文大赛优秀奖、第八届冰心散文奖等，并入选《大学语文》《语文主题学习》《中国最美的散文》等。

序二

拥抱文学，放飞梦想

泾河是我的学生，他说要出版作品集《白马河之恋》，并发来微信："杨老师是彬州最有名的作家、书法家、地理学家，想请您写个序，以壮行色！"得意门生的作品问世，我高兴不已的同时，还多了几分自豪与骄傲！他如此有意义的文化作为、如此难得的文化定力，以及奋进不懈的谦逊态度，使我欣然答应，同时，也向他送上了由衷的祝贺！

泾河出生在渭北高原彬县的新民镇上，自幼聪颖，勤奋好学，基础扎实，文理兼优。早在1983年，陕西省首次在全省应届高中毕业生中招录干部时，泾河以几乎满分的成绩获得其所在考区第一名，当时全县仅录取了12名考生，在县政府门口的大红榜上公示，人们翘首争睹，交口称赞，泾河位列榜首，一时间在师生中传为佳话。接着在是年7月的高考中，他取得了远远超出重点大学录取分数线的好成绩。在双喜叩门任他挑选的人生关键当口，他毅然决然地选择了去全国重点大学西北电讯工程学院（今西安电子科技大学）信息工程系无线电通信专业就读。他用知识改变了命运，引来师生和父老乡亲们的一片赞许和仰慕。

光阴荏苒，弹指一挥的30多年里，因早些年通信不发达，我们师生之间一度失去了联系。直到2018年，他们这届高中同学举办了一次聚会，邀请了我这个当年的"娃娃老师"（时从陕西师范大学毕业不久）参加。这时的泾河，虽过知天命之年，但精气神十足，气质依旧，多了几份儒雅、沉稳。时光难断师生情，一朝相见话不尽。这时才得知他大学毕业后，进过企业，当过多年的企业领导，后又辗转回到大学母校任教。而对他文学修养的认知，是在2019年，当时为庆祝建国70周年，彬州市向社会各界征集文学作品，我应邀担任作品评审组组长。在强手如林、优稿似星的千余篇竞赛作品中，散文《风从故乡吹过》获得我们每个评委不约而同地匿名打分最高分。后经组委会拆封，脱颖而出的正是泾河，他荣获了此次大赛唯一的一等奖。这时，就在这时，我真正理性地认识到了泾河的文学实力！

《白马河之恋》是泾河的一部作品集，其手稿我饶有兴趣地看完。该书收录了泾河这些年创作的部分中短篇小说、散文、文学评论，这些作品都是在《陕西日报》《西安晚报》《华商报》《咸阳日报》《中国青年》《西北文学》《陕西文学》《长安学刊》《杨凌文苑》《豳风》等纸媒和《陕西作家网》《起点中文网》《天涯文学》《鲸鱼阅读》《西北作家》《陕西文谭》《华商网》《咸阳新闻网》等网络媒体上刊登过的，是从他近年来创作的大量文学作品中精选出来的优秀作品，真实地反映了新时代渭北人，特别是彬州人的现实生活及社会变迁。在某种意义上说，作者是在以文学的方式讲述家乡的故事，展现民族精神和时代力量，为时代立传，为彬州人立传。因为中国文学素有以风土入文的传统，从起源的周诗到现代作家沈从文、柳青、贾平凹等名家，作品莫不如此。我以为，文章的水平不是在文字上，而是在情操上，作家的情操，决定了其文的高下，凡是好的作品，都会给人以高尚情操的陶冶。《白马河之恋》这本文集，泾河将自己对社会的认识、对生活的思考、对人生的感悟、对亲情的眷恋、对故乡的热爱、对美好生活的追求等，都融入其中。该书字里行间蕴含着他的才华、他的性情、他的经验、他的思考，读后能感悟到他为文的诚挚、率真和对真、善、美的阐释与追求。《白马河之恋》是一部思想性与艺术性有机统一的好作品，值得一读！

　　泾河当年攻读的是理工科，现在能写出一篇篇情节曲折、文采飞扬、引人入胜的好作品，能成为一个名副其实的学者型作家，这一跨越实属不易，但他不动声色地做到了。这是他当年刻苦用功、潜心努力、打下牢固语文基础的结果，也是他这些年来社会阅历丰富、厚积薄发的结果，更是他热爱文学、痴情于文学、不懈苦练、锲而不舍的结果。

国学大师季羡林老先生有言："伟大时代需要文学大家出现，需要全景式的深入揭示社会变迁的不朽作品。"毕竟文化是一个民族的灵魂和血脉，而一个民族的文化又凝聚着这个民族对世界和生命的历史认知和现实感受，积淀着这个民族最深厚的精神追求和行为准则。因此，在《白马河之恋》出版之际，我希望泾河继续坚定文化自信，坚持文学创作，拥抱文学，放飞梦想，在文学道路上取得更大的成绩。

杨存时

2020年5月5日于彬州市怡颐阁

杨存时 彬州市人，毕业于陕西师范大学地理系，地理学家、作家、书法家。中国地理学会会员、陕西省作家协会会员、陕西省书法家协会会员、西咸书画研究院副院长、中国·古豳历史文化研究会荣誉主席、彬州市青年书法协会顾问。曾当过中学教师，担任过彬县档案局局长、彬县科学技术协会主席等职。著作20多部，其中专著《彬州地理》30万字，五次再版，被遴选为当地高中、职校教科书，并为彬州市党政干部必读书籍，被誉为"彬地经典之作"。个人成就录入《中国当代学者大辞典》《中华优秀人物大典》等巨著。

目录

小说选

白马河之恋 /3

丑 牛 /81

一根稻草 /95

北山往事 /125

隔壁老王 /187

散文选

风从故乡吹过 /201

在那遥远的地方 /211

风雪夜归人 /227

评论选

一部有着重大现实意义的力作

——读高鸿长篇小说《平凡之路》 /239

对荒诞的社会现实的批判与反思

——读贺绪林小说《黑杀口》 /251

诗意·深邃·神秘·离奇

——范墩子的短篇小说《葬礼歌手》赏析 /259

◎
小说选

原载于《西北文学》2020年第2期（总第77期）

白马河之恋

如果一场恋爱，美丽得要用生命作为代价，我宁愿它从来没有发生过。

——题记

一

师兄在西京医院已经住院半年多了，认识他的人都说，这病与多年前的那场恋爱有关。古语"病由心生"，可能说的也是这个意思。

他被确诊为肝癌是初春时一个乍暖还寒的下午。当医院

白马河之恋

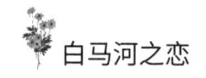

的检验结果出来后，我们几个陪同的同事都十分难过。然而，师兄却异常冷静，倒安慰起我们来，喃喃地对我们说，不要为我难过，之前我已预感到这一结果，生老病死是自然界的规律，谁也逃脱不了的，比起小娜我已经多活了二十年了，这一次，我也实现了另一个心愿。

师兄的话，说得我云里雾里，谁是小娜？什么是"另一个心愿"？我不得而知，我权当这是病人情急之下思维混乱的一种表达罢了。

师兄叫李浩然，今年四十六岁，老家在福建福州市，长一副典型的南方人清瘦的脸庞，白净的脸上很少有胡须，即使有那么几根，也总刮得干干净净。人看起来要比实际年龄小很多，一米七六的身材不高也不低，遇着有重要的业务活动，他一身西装革履，仪态非凡，很有玉树临风的感觉。我们俩毕业于同一所大学的同一个系，学的都是无线电通信专业。他是我的往届老校友，我毕业分配到国营76X厂时，他在该厂已工作了近二十年。我们都在厂属的设计所工作，他是高级工程师兼科长，我是工程师，又是同门师兄，并且在同一课题组，自然亲如兄弟。

我们厂是一个大型国营无线电厂，是"一五计划"期间，我国从苏联引进的156个援建项目之一。厂名中包括以7开头的三位数字，叫国营76X厂。据说，当年为了保密工作的需要，是由主管上级第二机械工业部给厂子起的名字，这起名的规律至今都是一个谜，名字一叫就是半个多世纪。当时组建的这些企业基本上都是我国生产电子机械类产品的大型军工企业，撑起了我国机电工业的半壁江山。

我到厂里时，工厂已经发展了六十多年，建厂初期热销的那几款短波电台、超短波电台，已不是厂里的主打产品。工厂已进入了提供"解决方案"、出售"成套系统"的新型通信产品生产阶段。我们目前的工作是给厂里的主打产品"政府及行业无线通信解决方案——数字化集群系统"的销售提供技术支持，工厂的产品卖到哪儿，我们的技术服务就跟进到哪儿。常常一年四季，在全国三十多个省区市来回漂泊，出差是家常便饭。

师兄出生在遥远的东南沿海，因为在古城西安读了四年大学，爱上了这个四季分明的西北城市，在毕业分配时毅然决然地选择了留下，选择了国营76X厂，从此便把根扎在了西安。

我们设计所分十个科室，我工作的通信三科是专门研发军民两用超短波无线通信系统的科室。记得刚分到三科时，师姐孙工就神秘地告诉我：咱科长啥都好，就是平时不能谈个人感情话题，他目前还是独身，钻石王老五一个，你如果敢问他有没有女朋友，轻则讨个没趣，重则碰你个鼻青脸肿。我听出了孙工的意思，在个人生活方面，他们把李浩然划为另类怪人。

投入工作后，我和师兄出差的机会比较多，通过几年来对他的了解，我感受到师兄并非她们说的那样，反而是个性

白马河之恋

情中人，能感受到他心里有那么一个角落，呵护在内心深处，轻易不会让任何人闯进去而已。

  提起出差，当年国营厂的采购员、销售员、技术员等成天满世界地跑，每个人都有一肚子的故事。出门在外，宾馆夜谈成了保留节目：议论议论厂里领导，议论议论升迁，议论议论厂草厂花、谁和谁相好了、谁和老婆离婚了，东家长西家短，简直成了单位小社会的故事会。有一次出差，我俩在宾馆闲谈，师兄主动跟我说起，他刚毕业那年，就像我这个年龄时，谈过一场恋爱。他说完此话，我正准备洗耳恭听是怎样一场轰轰烈烈的爱情时，只见他迟疑半天，突然有些神情恍惚，站起来茫然地望着窗外浓雾中的山景，许久，才回过神来，眼里充满了绝望和悲伤，仿佛梦呓般艰难地叹了口气说，还是不说了吧，说一次就好比把好了的伤口再拉开看一次，以后有机会再告诉你吧。他说这些话时，眼眶里已经蓄满了泪水，我忙理解地点点头。之后，直到师兄生病住进医院，再没有提起这件事。

  又一个周末到了，我和往常一样处理完工作，正准备去超市买一些东西，去医院看望师兄时，突然接到医院护士打来的电话，说几分钟前，师兄已溘然长逝了。我心里一下子悲痛万分：周一我去医院给他送一些物品时，他还好好的，跟我说他感觉治疗方案是有效的，他感觉浑身轻松了很多，怎么才几天，就走了呢……我有些自责自己这两天忙于工作，对他的病情大意了。

小说选

　　就在我和厂里的同事,心情沉重地处理师兄后事的时候,医院的护工小王找到我,给了我一个邮政快递的专用信封。信封用胶带封得很结实,说是师兄弥留之际交给他的,让他一定转交给我,让我在他后事办完后再打开。

　　师兄的后事办完后,我心力交瘁,在他头七过完后,我选了一个没人干扰的地方,打开了这个信封,里面有一封信和一个笔记本。

　　信的内容很简单:

　　师弟:
　　我离家已经二十多年了,家乡离得远,由于洁身自好,加上独来独往,你是我唯一能敞开心扉的兄弟和朋友。在我将要离开这个世界前,我不想把我心里的秘密,带入另一个世界里。我曾经答应过你,把我和一个叫贾米娜的女孩的爱情故事讲给你,我都写在了这本日记上了,在你看到这封信的时候,我和贾米娜已在另一个世界里重逢了,你祝福我们吧!别了,兄弟。

2017.11.8

　　下面是师兄记录的一段真实的经历。

白马河之恋

二

那是1998年5月的一天，领导通知我去G省南部的白马河国家级自然保护区出差。往日有大型的组网任务，都是我和师傅刘工一起去，这次因为同时组网的项目多，技术人员有点不够用，所长认为类似的工程，我已参与过几起，完全具备独立完成任务的能力，便决定白马河工程由我独立完成，施工周期为一个月。

那一年，我刚二十六岁，工作才三年，领导的信任使我意气风发、信心满满。我从西安坐火车到江州市，火车一路走走停停，坐了十几个小时，第二天早晨才到。出了火车站，天还不是很亮，但江州市大街上几家经营牛肉面的店铺，已经人声鼎沸。据说，这里的人们，日常是把牛肉面当早点吃的，我也想体会一下。常和刘工出差，他传授给我的经验是，哪家店铺人多排队，哪家味道必然好。我选择了一家招牌叫"安德尔"的牛肉面馆，欣欣然吃了一碗，果然名不虚传，味道好极了。

白马河国家级自然保护区管理局，位于江州市下辖的一个叫白马河的小镇上，离市区有三十多公里的路程。管理局有两万多名职工，管理的林区范围横跨三个市，涉及九个县。

我来到管理局公安处，接待我的是公安处的白处长，白处长之前和我们有过业务往来，算是老熟人了。简单的寒暄之后，直接谈业务。我们这一次要完成的是建立白马河国家级自然保护区森林防火无线通信系统。这是一个超短波无线局域网，共有一个指挥中心、八个通信基站、两百多台移动终端，指挥中心设在条件较好的白马河派出所内。

当天中午，公安处的几个领导，在"望江楼"酒店设宴，算是为我接风，酒桌上觥筹交错，宾主把酒言欢，在不知不觉中我已进入微醺状态，饭后，我住进了管理局下属的白马河宾馆。

白马河镇虽然小，但因为有着白马河国家级自然保护区管理局这样的大机关的存在，从街市面貌来看似乎很富庶、很繁华。一条大河从镇子中间穿过，几条小街人口居住得很稠密，饭店、商店、杂货店、土特产店鳞次栉比，各具特色，各家店里的商品也琳琅满目，生意兴隆。

白马河宾馆从外观看有些陈旧，但内部的设施出奇地好，像个百年世家的府邸，虽然能看出岁月磨砺的痕迹，但仍能感受到当年的荣耀和豪华。所有房间装修使用了大量木材，朱红色的家具，电视、空调、电话、洗浴设施一应俱全。宾馆所有公共空间和房间的地面，都铺装着木地板，这种地板是真正的实木做成的地板，因为这里盛产云杉、冷杉、油松、落叶松、椴木、椴木、桦木等木材，名贵的木料在这个森林保护区里遍地都是。宾馆的地板刷上了朱红色的油漆，走在上面，像镜子一样会照人影。

正式进入工作，已是第二日的早晨。我和白处长、杨科

白马河之恋

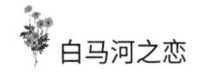

长一起来到白马河派出所的一个大会议室，这里将是我们这次要建立的通信指挥中心。厂里的设备已于前几天发到了这里，设备码得整整齐齐，仿佛是一排等待检阅的士兵。一个留着短发的女警察，正拿着一张清单，清点着设备的数量。白处长将我介绍给秦所长，他说，具体组网、接待、接洽、协调等事宜，局里全权委托白马河派出所负责，由秦所长具体领导。

白处长、杨科长他们将组网的事项交接给秦所长后，便告辞了。秦所长说自己手头工作头绪多，我们来之前，他已把这项工作交代给了办公室贾米娜、刘晓菲两位女同志，还有两个实习警察张建武和王峥配合，协助干些力气活，并把他们都叫来，一一给我做了介绍。所长交代完工作，便去忙自己的事去了，把我交给了贾米娜。

贾米娜就是我刚进来时，正在清点设备数量的女警察。刚进来时，她正在清点设备，我没有仔细看她，及至秦所长正式向我介绍她时，她过来和我握手，站到了我的跟前，我才感觉到眼前突然一亮：天哪！这是上天怎样造化的一张俏丽的脸，不仔细端详倒也罢了，一端详，我几乎有一种目眩的感觉。她长着一张清秀的瓜子脸，皮肤很白皙，长长的睫毛下扑闪着一双漂亮的大眼睛，挺直的高鼻梁，富于雕刻的匀称，她的脸几乎就是一尊古代女神的面部浮雕。她年纪二十多岁，留着干练的短发，高挑修长的身材，像个训练有素的舞蹈演员。一身合体的警服，显得英姿飒爽，如果在我的脑海里，要搜寻能准确地描写她的形象的词汇，那只有"风华绝代、美艳脱俗、绝世佳人"这样的词汇了。

贾米娜很直率，问清我的姓名和年龄后，便自来熟地说，李工，我今年二十四岁，警龄两年，你二十六，你比我才大两岁，我以后就不叫你李工程师了吧，那样显得生分，我就叫你小李怎么样？

好呀，越随便越好，我说。

她说，你就叫我小贾，叫小娜也行。说完了，送给我一个女孩子温柔的微笑。

随后，她协助我开始清点设备，为即将开展的工作做准备。我们边工作边聊天，她顺便告诉我，她是当地人，两年前从省公安警察学校毕业，分配到白马河派出所，已经工作两年了。

她说，小李，你知道我们当地话怎么称呼你吗？

我摇摇头。她说，我们当地人称"小李"为"尕李"，"尕"是个方言字，就是小的意思，读音和"嘎"差不多，比如，小孩就叫"尕娃"，也有亲昵的意思。

我接过她的话说，那你就叫"尕娜"了？

她说，是的，平时所里的同事和我家里人就是这么叫我的。

很快，我和贾米娜、刘晓菲她们就混熟了，互相留了电话号码，说话也就无拘无束了，工作效率也提高了好多。我也就入乡随俗地接受了"尕李"的称谓。贾米娜常常喊我"尕李"这"尕李"那的。我有天逗她说，美女，你干脆叫我"傻李"算了。她笑得岔了气，说你愿意听，我就叫了。

白马河之恋

有一天，看着清点完的一大堆设备，贾米娜看看我，看看设备，开玩笑地说，尕李，这么一大堆设备，你一个人能安装起来吗？我肯定地回答了她，她眼里露出的是满满的崇拜的眼光。说，真不简单，我佩服你！

我们在白马河要建的森林防火通信系统，是一个数字集群无线通信系统，基本框架是这样的：其一，在白马河派出所建立指挥中心总台。其二，在白马河镇周围勘察地形，寻找制高点，然后在制高点架设通信铁塔，在铁塔上安装通信天线、基站和链路差转机。其三，在森林的八个瞭望塔上，同样安装天线、基站和链路差转机。其四，给白马河国家级自然保护区管理局的管理人员和各派出所民警配发对讲机。其五，对通信系统的管理者和使用者进行培训。这五个部分，说着容易，其实做起来，任务很重，困难很大。

那几天，我每天晚上都要工作到很晚才离开派出所回到宾馆，在宾馆又要计划和思考第二天的工作和行程，一天的工作安排得满满当当。

三

　　一个好的工程师，组一个网，对工序的先后次序，一定要统筹兼顾，有的工序要提前，有的工序要推后，穿插着进行，这样才能挤出时间，缩短工期。根据我以往的经验，我们的第一项工作，就是在白马河镇周围，寻找制高点，确定通信铁塔的安装位置，让铁塔厂尽早进入工地进行安装。

　　早晨一上班，所长给我们配了专车和向导，我们一行五个人就出发了。向导给我提供了五个备选的铁塔位置，它们分别位于黑王山、日山、月山、南山、北山，这五座山环绕着白马河镇。按正常工作的流程，我们要爬上这五座山，测量每座山的海拔高度、测量山顶的场强参数、观察山顶的电源条件、考虑施工的难易程度，然后做出判断，选定铁塔的位置。组网的新手都是按流程这么做的，工作规范也是这么要求的，但实际运用中，对于我们这些有经验的工程师来说，根本不需要一一勘查，只要观察一下，本地的中国移动公司设立铁塔的位置，在此位置设点，就百分之百正确，因为它们选点时，已做过这些参数的测量。

　　我把这一经验告诉贾米娜时，她先是满脸的惊讶，然后是对我的技术一脸的膜拜。她说，我以为今天上午，我们要把这几个山头跑遍、把我这双新鞋磨穿呢，没想到这么简单就解决了。说着给我竖了个大拇指，说，给你的经验点个赞。

白马河之恋

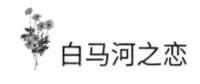

向导说，他们镇上中国移动公司的铁塔在南山上，于是，我们一行人，把车开到了南山脚下，看到了山顶上中国移动公司的铁塔。把车停在山脚下，一行人用了一个多小时，才爬上了南山山顶。

南山山顶上是一块足球场大小的荒地，站在这里，明显感觉到这里是当地海拔的最高点，可以俯瞰到整个白马河镇，有"会当凌绝顶、一览众山小"的感觉。山顶上有一座中国移动公司五十多米的铁塔，动力电也被引上来了，建铁塔的条件非常优越，于是，我们便决定把指挥中心的通信铁塔的位置定在这里。铁塔的位置一确定，我们今天的工作任务就算完成了，大家一下子轻松了很多。

下山后，贾米娜带我们几个人来到了一家她常去的快活林餐厅吃饭，她给我们点了几道经典的本地炒菜，主食是这家店的特色羊肉炒面片。贾米娜坐在我旁边，不时向我咨询一些建塔的细节，我们不断地交谈着。在等菜的档口，她和饭店的老板娘用当地话开着玩笑，老板娘不停地用余光瞟着我，问了她几句什么话，她满脸通红，忙着解释了半天，桌上的其他人，都看着我笑，我莫名其妙。

饭菜上来了，炒面片的确有特色，面片很筋道，羊肉炒得很嫩，孜然味浓郁。菜的味道也不错。

在回去的路上，贾米娜问我，尕李，你知道刚才在饭店老板娘说什么来着？我茫然地摇摇头。她说，老板娘刚才误以为你是我的男朋友，还夸你长得帅呢，我解释半天，她都不信,她说从我们俩交谈时,看彼此的眼神就能看得出,说得我脸都红了。

我一听,才明白了在饭店他们哄笑是怎么回事,便开玩笑地说,你就说是你男朋友,不就不用解释了呀!

她一听,满脸羞赧地说,尕李,你咋也这么坏呢?

一车人听了我俩的斗嘴都哈哈大笑,刘晓菲说,看来你俩还真有夫妻相,以后可不敢单独出来活动了,否则让人家误解了。

这天晚上,回到宾馆,到了很晚,我翻来覆去睡不着,我一迷糊,贾米娜一张张笑脸就出现在我的面前。

我感觉我有点喜欢上了贾米娜。我一直在回想中午吃饭时的一幕,感觉贾米娜也喜欢我,我心里想:如果她不喜欢我,她和老板娘说过的话,我本来就没听懂,玩笑开过就算了,她没有必要在车上再讲给我听,她这分明是在试探我,这是其一。其二,在她叙说完后,我也开玩笑地说了句:"你就说是你男朋友,不就不用解释了呀!"我说了这句话,她的脸像喝了酒一样飞满了红晕,说明我这句话也说到了她的心里。她也可以理解为,这是我对她的试探做出的回应,否则她不会说:"你咋也这么坏呢?"在我的经验里,女生在嘴里说你"坏"时,那未必就是说你不好,你可以理解为她是在你面前的娇嗔。我在车上时注意到,她说我"坏"时,她除了羞红了脸,眼睛里还有一种迷醉的光辉。大凡一个女人对男人表示有相当感情时,常常会有这种"喝了点酒"的样子,

白马河之恋

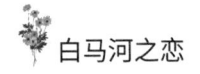

眼睛里除了兴奋，更多的是深情。

就在这样的兴奋和胡思乱想中，我折腾了大半宿，到了后半夜才沉沉地睡去。

铁塔的位置定下来后，由专门建设铁塔的厂家开始在南山上安装，六十米的铁塔，预计最快也得半个月才能安装完毕，所以，我的工作也急不得，要耐心等待。在这等待的空档里，我开始安装指挥中心的设备。每天贾米娜、刘晓菲和两个实习警察协助我，人多进度很快。贾米娜很聪明，相同的设备，我连接上一台，她就会触类旁通，把其他同类型的设备也连接起来，没有几天，指挥中心的设备已经安装到位。

四

周六的上午，我赖在宾馆的床上想多睡一会儿，因为所里除值班人员外都不上班。这时，我的手机响了，一看是贾米娜打进来的。她让我赶紧起床，说要带我去一个地方度周末。我一听她的声音，有些兴奋，赶紧起床洗漱一番，换了一身休闲的衣服，跑下了楼。

贾米娜在宾馆停车场等我。她今天没有穿警服，穿着白色的T恤衫、蓝色的牛仔裤，银杏树似的苗条身材，显得婀娜多姿，像个刚出校门的大学生。她那梦一样的大眼睛、帘子似的长睫毛，加上精致的五官，不施粉黛，在初春的朝阳下，像刚出水的荷花般纯洁。那双湖水般清澈的眼眸，满含深情地微笑着。之前，上班时看见的她，固然很美，那是在办公室、在工作的环境里，一身戎装，是一种大气庄严的美。但今天，在白天里、在阳光下看她，她打扮得像邻家女孩，她的整个神采，那种被青春的光泽笼罩着的、女孩天然清新的美，像黎明时分的太阳，光芒四射，叫你有说不出的愉悦，叫你舒畅，叫你喜欢，更叫你陶醉。

见了我，她说，尕李啊，看见你今天一身的休闲打扮，我有种回到学生时代的感觉。我说，同感啊，今天我们就穿越一回，你就当是我的同班同学，我们尽情撒欢去！

她是开了车来接我的，我坐在副驾驶位置，她一边熟练

白马河之恋

地驾着车,一边递给我一个纸袋,说是我的早餐。她说,这是她特意买给我的当地特产牛肉饼,叫我尝尝,袋里还有一杯热豆浆。她的细心照料令我很感动,我一边吃着早点,一边和她聊着天。贾米娜说,昨天下班时,所长说怕你一个人在宾馆里寂寞,特意安排我们几个今天陪你度个周末,所以,我先来接你,然后我们一起去接刘晓菲、张建武、王峥他们。贾米娜一路开得很快,我夸她驾驶技术好,她说,驾驶是她们在警校的基本技能课程,技术不好,毕不了业。

接上他们几个后,我们商量了一下,计划去本地的著名景点八仙洞游玩。八仙洞在白马河镇三十里以外的仙游山上,我们用了不到一小时就到了景点。

八仙洞位于仙游山半山腰上,这里有很多天然的溶洞,根据溶洞不同的形态,命名为天宫、地宫、日宫、月宫、李仙宫、钟仙宫、张仙宫、吕仙宫、何仙宫……相传有八位道教仙人曾在此修炼过。这些洞里有各种形状的钟乳石,洞里安装了彩色的射灯,岩石在灯光的映照下,绚丽多彩,奇形怪状,美不胜收。有的洞连着洞,洞和地下河连通,有山泉从岩缝中流出,经年累月形成了石笋、石乳、石柱、石幔、石花等造型,千姿百态,看得人眼花缭乱。

贾米娜问大家,谁能完整地说出八仙过海中的八仙都是谁,他们四个说来说去都说不全。贾米娜说,咱们几个都是警察,算是学武的,一介武夫怎敢在秀才面前说古今,尕李是名牌大学的本科生,让他来说说怎么样?那几个齐声说好。

我感觉，贾米娜是想活跃一下气氛，顺便想为难我一下，看我怎么应对。我说，你们几个是学武的不假，但我也不是学文的呀！

贾米娜模仿着我的口吻说，你既不学文，也不学武，那你学的算什么呀？

我说，我是学理工科的，不过你们说的这个问题，我还真知道。刚才你们几个说的八仙都是谁的问题，回答这个问题，首先得说是在哪个朝代。八仙是中国民间传说中流传最广的道教的八位神仙。八仙是谁？明代以前说法不一，有汉代八仙、唐代八仙、宋元八仙，所列神仙各不相同。到了明代，通俗小说家吴元泰写了《东游记》后，文学界才开始把八仙固定了下来，他们是：铁拐李（李玄）、汉钟离（钟离权）、张果老（张果）、吕洞宾（吕岩）、何仙姑（何琼）、蓝采和（许坚）、韩仙（韩湘子）、曹国舅（曹景休）。《东游记》里说，北宋乾德四年，铁拐李在石笋山邀请了汉钟离、张果老、吕洞宾、何仙姑、蓝采和、韩湘子、曹国舅等到石笋山搞了一场聚会后，才产生了八仙之说，这八位仙人就是我们现在所说的八仙。

我回答完了，刘晓菲瘪着嘴，发出"啧啧啧啧"的声音，说：什么是学问？这就是学问！可惜你学了理工科，我们国家就少了一个作家。

贾米娜说，你咋知道那么多呢？我还以为你们理工男，只知道写写算算，摆弄摆弄那些冰冷的机器，不解人间风情呢！

我说，我上中学的时候，其实是喜欢文科的，作文在全

白马河之恋

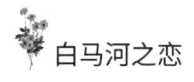

国的中学生作文大赛上获过奖，但理科成绩也不错，高二时学校开始分文理科，最后我选了理科班。后来，考上了理工科的大学，学了无线电通信专业。所以孟子说："术不可不慎也！"选错了职业，就选错了一辈子，不可不慎重啊！

张建武说，你说的八仙聚会的地点在石笋山，石笋山是不是就是我们这里的仙游山？

我说，不是，但离这里不远，在重庆市的永川县（现永川区）。

王峥说，那就是八仙聚完会，也可能到我们这里又游玩了一遍呢，要不这里怎么会有这么多的神仙洞？

我说，神话故事，不必当真，他们来没来我们不知道，但可以确定的是，我们这五位大仙今天确实来这里游玩过了！

我们几个你一言我一语，边走边交谈，不觉来到了八仙洞的碑林，这里陈列有一百多面石碑，时间跨越了一千多年。从北周到唐、宋、元、明、清等，各时期都有，保存了许多达官显贵、文人骚客的诗词题刻，其中最有代表性的是清代武都人贾廷琯写的《万象仙洞》，他在诗中赞曰："不是人世间，包罗万象天。卧龙何日起？玉柱几时悬？谁凿洪濛窍，空留丹灶烟？洞深苔石滑，何处遇神仙？"贾廷琯把八仙洞的景观和人文，写得惟妙惟肖，令人叹为观止。

这个景区很大，以观看溶洞为主，我们一连看了几个后，大家便没了兴致。时间还早，贾米娜提议另选地方去游玩，大家想了好几个地方，均无甚特色，提不起兴趣。于是，贾米娜说去两百公里以外的九寨沟，她说今天周六，明天还有一天假，不如今晚就住在九寨沟，明天游完后，连夜赶回。

我们几个一下子来了兴致，异口同声地说好。于是，我们下山，开始了九寨沟之行。

白马河之恋

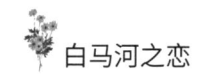

五

  贾米娜的驾驶技术的确很棒,我们下山后,车离开江州市区,向东南方向行驶。公路一直伴着河流前行,我问贾米娜这是什么河,她说叫白马河,白马河镇就是因这条河而得名的。她说,她家就在白马河边上,她从小就在白马河边长大。

  我说,咋这么巧呢?我的家乡,在福州市,福州市也有一条河叫白马河,我从小也是在白马河边上长大的。贾米娜听了,头摇得像拨浪鼓似的,说我是逗她玩呢,她既不相信福州有白马河,也不相信我家也住在白马河边,她觉得没有这么"巧"。我笑着说,这"巧"就是缘分啊!这么大的国家,这么多的人口,为什么偏偏我会来到白马河,为什么我们会相见,为什么我们会相识,而且都是在一个叫白马河的河边长大,这不是缘分是什么?他们几个也点头称是,觉得很神奇。

  贾米娜看我没有开玩笑的意思,旋即也就相信了我的话,说,我们都没去过福州,你就给我们讲讲你的家乡,讲讲你家乡的白马河。

  我说,福州,又称榕城,位于我国东南沿海,是一座具有两千多年建城史的历史文化古城。白马河是福州市的一条内河,古代是福州城的护城河,我家的老屋就在白马河边上。我家院子里有一棵三百多年的老榕树,树冠高大,郁郁葱葱,遮天蔽日,不但给我家整个院子遮住了荫凉,而且还给我家院子旁边的小码头遮住了荫凉，你说这树有多大。我从小就是在这个院子里长大的。小时候，我常坐在院子里的石凳上，看着白马河里的小船来来往往。小船上有许多做小生意的老乡，有些老乡会把船停靠在我家旁边的小码头的荫凉下，兜售新鲜的农产品。比如杨梅，一角钱可以买一碗，酸酸甜甜的，我和妹妹边做作业边吃，能吃一个上午。有时听到卖花的叫喊声，奶奶会给我几毛钱，让我去买一束鲜花回来。奶奶会把鲜花插在她的"簪花围"上。"簪花围"就是用鲜花做成的花环，是我们那儿老一辈女人头上必备的饰品。她把头发盘到脑后，绾成一个圆髻，把"簪花围"戴在绾髻的四周，中间插一根象牙簪子固定好，然后提了菜篮，会一路花香地去逛早市。

到了夏天，小码头上可以买到龙眼，也就是北方人说的桂圆，还有荔枝、芙蓉李。夏季的傍晚，我们一家人，在榕树下纳凉，看着爷爷用马蔺草编织各种草制品，如草帽、沙发垫、坐垫、床席等。爷爷手很巧，编织的工艺品细致而光滑，坚韧耐用，一个凉席，好多年都用不坏。每年农历七月半以后的某天，乡下亲戚的小船会准时地停靠在我家的小码头上，来接我们全家去他们村参加"半诞"聚会。"半诞"类似于北方农村的庙会，每个村一天，会敬祖先、摆宴席、唱大戏，很热闹。到了秋天，在小码头上可以买到福橘、橄榄、花生、烤地瓜……

聊起我的故乡的人和事，我感慨万千，思乡之情油然而生，

白马河之恋

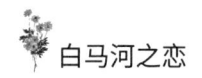

那个小桥、流水、人家的梦里江南,是我永远回不去的故乡。贾米娜也受到了我的感染,思绪也好像被带到了遥远的江南。

她说,你说的那一切太让我神往了,我从来没有去过南方。你讲的让我真的很想去福州看看,去看看你的烟雨江南。

她问,你们家现在还有什么人?我说,有爷爷、奶奶、爸爸、妈妈和妹妹。

刘晓菲说,尕娜啊,你问人家李工程师家里的情况干什么,是想谈对象吗?

贾米娜有点不好意思,解释道,我们随便聊天,你想多了。

她说这话时,刚好和我的目光相遇,她赶快躲开,换了话题。

车子驶上了一座大桥,上面标写着"白马河大桥"几个字。

我说,尕娜,你也给我讲讲你们这里的白马河。

贾米娜说,好啊。我们这里的白马河属于长江水系,是长江的主要支流嘉陵江的支流。车子刚才是向东南方向行驶,现在一过桥,就向南方驶去。你看桥下的这条白马河,我们一跨过去,就算到了地理意义上的南方了,因为白马河、秦岭、淮河这一条线,处于北纬33°～34°之间,属于我们国家的一月0°等温线,此线以南,江河冬季皆不封冰,为中国地理上的南北分界线。由于白马河流域山大沟深、林密流急,因而吸引了大量的移民。移民高潮出现在明末清初的李自成农民起义期间,陕西、川蜀、湖北移民大量涌入白马河流域,我家就是随着移民潮从陕西迁到这里的,所以说,你们西安还是我的老家呢!

刘晓菲说,美女,我咋没发现你这么有才呢?

贾米娜说,你现在发现也不迟啊!我是管户籍的警察,基本的社情我还是要了解的,你以为我在白马河边上白待了这二十多年呢!

过了桥,车到了一个小镇上,贾米娜一看表,已经到了中午,我们决定在这里吃中午饭。我们找了一家新疆人开的"胡杨林餐厅",每人点了一份牛肉拌面来吃。拌面上来了,贾米娜问我,尕李,你来一周了,我每次带你吃饭,都吃面食,你能习惯吗?

我点了点头,刘晓菲看见了笑了,问我,是习惯还是喜欢?

我说,喜欢!

她用眼睛斜睨着贾米娜对我说,是喜欢人还是喜欢饭?

我的嘴动了动,不知怎么回答,边思忖边偷看了贾米娜一眼,发现她正笑吟吟地看我怎么应对,我说,都喜欢!

我突然看见贾米娜满脸绯红,用小拳头捶着刘晓菲说,哪有你这么问话的?

吃了饭,我们继续赶路。一起游玩了半天,大家似乎又熟悉了好多。王峥和张建武都抢着要开车,贾米娜便把车交给了王峥,张建武坐在副驾驶位置上随时准备接替。王峥的驾驶技术也不错,车子又稳稳当当地上路了。张建武坐在副驾驶座位上,百无聊赖,提议大家每人唱首歌。我说,建武,你提议,你先唱一个,张建武说行。他唱了一首《梦驼铃》,

白马河之恋

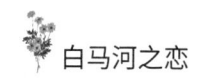

张建武是浑厚的男中音:"攀登高峰望故乡,黄沙万里长,何处传来驼铃声,声声敲心坎……"

张建武的歌,一下子把我们带进一种思乡的情绪里,张建武一唱完,他们都说该我唱。我稍加思考,唱了杨钰莹、毛宁合唱的《心雨》:"我的思念,是不可触摸的网;我的思念,不再是决堤的海……"

我在唱最后一句时,故意把歌词改成了"因为明天你将成为别人的新娘,让我最后一次想你"。我看贾米娜眼里似乎噙着泪水,我唱完了,她感动地说,我真没想到,你把毛宁的这首歌唱得这么好,我的心都被你唱化了。

我说,该你唱了吧?她稍微平复了一下心情,唱了首情歌天后李翊君的《萍聚》:"别管以后将如何结束,至少我们曾经相聚过,不必费心地彼此约束,更不需要言语的承诺……"

贾米娜的嗓音很甜,将这首歌演绎得柔情似水,听得我心里特别感动,仿佛她在对我诉说一般。

该刘晓菲唱了,刘晓菲说贾米娜,尕娜,我怎么听出了这首歌的弦外之音,你似乎向谁表白似的?

贾米娜笑骂道,少解读,赶快唱你的歌。

于是,刘晓菲说,你们唱的歌都太伤感了,我要唱首欢快的《黄土高坡》:"我家住在黄土高坡,大风从坡上刮过,不管是西北风还是东南风,都是我的歌、我的歌……"

刘晓菲说话时是女声,谁知一开口唱歌,就像变了个人似的,一嗓子唱到了男高音。

贾米娜笑着说她,你这哪儿是欢快呀,你这应该叫豪放才对。

一车人,你方唱罢我登场,不知不觉翻过了一座大山,下午三点多,到达了九寨沟景区。

白马河之恋

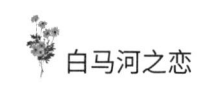

六

　　看着时间还早，我们赶紧去买门票，想早一点看看美丽的九寨沟。景区的工作人员告诉我们，这个点进去不划算，看不了几个景点，五点半就得往出走。我们几个商量后，准备先找宾馆住下来，明天早上再进景区。我们找了一家环境较好的宾馆，虽然离沟口较远，但环境和设施都不错。宾馆院子很大，有宽敞的停车场，宾馆后面是一个大的后花园。我们订了三间房子，贾米娜和刘晓菲一间，张建武和王峥一间，我一个人住一间。晚上时间很充裕，我们一行人找了一家火锅店，踏踏实实吃了一顿火锅。张建武是个歌迷，他听说今晚九寨沟民族艺术团有演出，就嚷嚷着一定要看。晚会的名称叫"神奇的九寨"，这个艺术团的团长是藏族歌手容中尔甲，今晚容中尔甲会演出，所以我们买了晚上的演出票。

　　"神奇的九寨"是九寨沟民族艺术团专门为游客打造的一台藏族风情的歌舞晚会，晚上七点，我们准时观看了演出。藏族是一个能歌善舞的民族，晚会以原生态的藏族文化为背景，舞美以白色、黄色、红色为基调，融歌、舞、乐为一体，一层一层为观众揭开了藏族文化神秘的面纱。列入国家级非物质文化遗产名录的藏戏、欢快祥和的藏舞，以及极度深情的藏歌，给人以艺术的冲击和享受。这种载歌载舞的表演以及它营造的氛围，很有带入感，连最木讷的王峥也兴奋得眼睛闪闪发亮，他随着表演的高潮迭起和观众一起大呼小叫。我们几个爱唱歌的，更是被藏族的经典歌曲《九寨之子》《背水姑娘》《九寨情缘》《妈妈的羊皮袄》《向往神鹰》等所陶醉。演出持续了两个多小时，我们终于在最后等来了压轴戏——由容中尔甲演唱的歌曲《神奇的九寨》。在余音绕梁中，晚会结束了。

在这一天的行程中，我常常感觉有一双眼睛，始终不离我的左右，包括看演出的时候，那就是贾米娜的一双大眼睛。我感觉贾米娜一直有话要说，但我们五个始终在一起，她没有机会。在看演出时，她就坐在我身边，看到高兴处，我不经意地看她一眼，却发现她也在悄悄地看我，我给她一个会心的微笑，心里甜滋滋的，她给我一个嗔怪的回应，故作镇静却难掩喜上眉梢。我没谈过恋爱，不知这算不算"眉来眼去"，也不知道她心里有没有我，但能知道的是，我已爱上了她，不能自拔。

回到酒店，已是晚上十点，我们各自回到自己的房间休息了。我回想起今天一天的经历，似乎仍处于一种亢奋中，一场张扬生命原始状态的藏歌藏舞，热辣而狂野，让人体会到了生命的真谛和活着的快乐。短短一天，从白马河来到了九寨沟，似乎有一双无形的手，安排着我的一切。大脑细胞的兴奋让我丝毫没有倦意。随手推开窗户，看见一轮明月正挂在天边，远处是朦朦胧胧的大山，山顶上参差的天际线，勾勒出一幅水墨画。往下看，宾馆的后花园里，就是另一番

白马河之恋

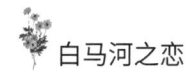

样子了：春意像花枝招展的小姑娘，在月夜里依然喧闹着，微风徐徐，送来一阵阵清香；明月朗照，暗香浮动；疏影横斜，落英缤纷，一派生机盎然的景象。我索性下楼，去花园里欣赏一下夜色，也好平复一下潮水般的心情。

花园里静悄悄的，根本没有人来打扰，走在弯弯曲曲的小径上，凉风习习，夜空如洗。道旁的花田里长满了杜鹃花，有的默默含苞，有的已然绽放，或朱红、或淡紫、或嫩白，朵朵娇艳欲滴，株株迎风玉立。脚下有落红，抬起头，一团团桃花正盛开着，片片粉色的花瓣，在微风中，三三两两扑簌簌地落下，让人真切地感受到"花自飘零水自流。一种相思，两处闲愁。此情无计可消除，才下眉头，却上心头"的烦恼。

手机传来短信声，是贾米娜发来的：我在楼上看到你了，我想下来找你。

我回复：刘晓菲在，你怎么说？

贾米娜：我刚洗完澡，她才进去洗澡。

我回复：你告诉她吗？

贾米娜：回来再告诉她。

我回复：好吧，你下来，我等你。

虽然这几天，我和贾米娜天天在一起，但是，单独相处，还是第一次。她要来，我心跳加速，很兴奋，心里像有一只兔子在跳。

大约五分钟后，我身后传来轻轻的脚步声。我转身一看，是贾米娜。月光下，她穿着一件白色的纱裙，如同仙女下凡，精致的脸庞，修长的身材，散发着迷人的光彩，袅袅婷婷地向我走来。

她见了我，微笑着说，你好有雅兴啊，我偶然往窗外一看，就看到了你。

我说，我从来没来过九寨沟，看到这么好的月色，便不由自主地下来了，我不想辜负了今晚的月光。

她说，那你想辜负了今晚的人喽！

我说，我就是想那个人睡不着才下来赏月的，我不知道她心里怎么想。

她说，你在想西安的女朋友？

我摇摇头。我哪里有什么女朋友？！

她说，那你想的人是谁呢？

我说，你明知故问。

我问她，你在白马河有男朋友吗？

她说，我们那里是个小地方，不谦虚地说，他们都说我是白马河镇的警花，镇上条件好的男孩都去外地发展了，条件差的都没有胆量追我，所以至今独来独往。

我说，你对自己这么自信？

她说，你看不出我很自信吗？我如果不自信，我敢给你发短信，说我要下来见你吗？

我说，这么说，我的心思被你看透了，你知道我喜欢你。

她不好意思地说，更重要的是我也喜欢你呀！

她走近我，撒娇似的拉着我的双手，娇嗔地对我说，你

白马河之恋

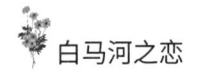

为什么不绅士点，先给我发短信，请我下来一起赏月，让我更有面子点？！

我说，我不自信，怕你拒绝我！

她用拳头捶着我的肩膀说，你的骨子里还是自命清高，就你会保护自己！

我说，你那么漂亮，我从第一天见到你，觉得就像见到了女神，在你面前，自己觉得自己是那么平凡，那么低微，都低微到尘埃里去了，不争气的是，喜欢之花还是从尘埃里生长出来了。

她说，你们这些秀才，真会说话，舌灿莲花，拐了那么大的弯，意思还不就是喜欢我。为什么不能大大方方地拉着我的手，看着我的眼睛，说一声"我爱你"呢？

我说，如果我是那样彪悍的话，那还是我吗？我们都笑了。

我们俩坐在石凳上，她依偎在我的身上，我们始终十指相扣着，她像生怕我跑了似的。

我说，你到过西安吗？

她说，没有，我最远到过兰州，从小就在白马河镇上长大，在白马河上幼儿园、小学、中学，上大学后才去了外地，在兰州度过了三年大学时光。

她说起她的家，她有一个幸福的家庭，有爷爷、奶奶、爸爸、妈妈，爸爸妈妈都是教师，就她一个女儿。父母曾经是中等师范学校的同学，现在都在白马河小学当老师。

她问我，你们南方人能习惯我们西北的饮食吗？我说，我在西安待了快八年了，吃面食都成习惯了，几天不吃还想得慌。我们西安有个回民街，美食一家挨一家，简直太多了，太好吃了，我喜欢还来不及呢！

我看见贾米娜听了我的话，高兴得像个孩子似的，似乎这是她最担心、最没法解决的事，她好像如释重负，一块石头落了地。

贾米娜还给我讲了好多她上大学时的往事，我也给她讲了我在西安上学和工作的一些事，我们彼此分享着对方的故事，仿佛我们是多年前的故交，今天重逢似的，有说不完的话题。

她说，我听你的嗓音很好听，你是不是在学校时就爱唱歌？我说，你说对了，我在学校时，是班上的文体委员，成天组织那些唱呀、跳呀等吹、拉、弹、唱的事情，所以班里的同学称我是"麦霸"。她一听，来了兴趣，说今晚月亮很好，鲜花给我们搭好了舞台，可谓是花前月下，咱俩比赛一下，看谁唱的关于月亮的歌多。

我说好呀，于是我先唱。我轻轻地唱了《月亮惹的祸》，她接着唱了《月亮代表我的心》，我接着唱《弯弯的月亮》，她接着唱了《月朦胧鸟朦胧》……一首接一首，直到最后，实在想不出歌名了。我说咱俩合唱一首，能代表我们此时此刻心情的歌好不好？她说好，于是我们一起唱了《莫斯科郊外的晚上》：

深夜花园里，四处静悄悄，只有风儿在轻轻唱，夜色多

白马河之恋

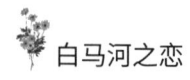

么好,心儿多爽朗,在这迷人的晚上。小河静静流,微微泛波浪,河面映着银色月光,一阵轻风,一阵歌声,多么幽静的晚上。我的心上人,坐在我身旁,默默看着我不作声,我想对你讲,但又难为情,多少话儿留在心上……

七

一夜的兴奋，第二天早上，我醒得很早。我躺在床上思索着这两天发生的一切：我和贾米娜算是相恋了，我们昨天晚上在月下，彼此吐露了心迹，有相见恨晚的感觉，我们的相识相恋，是感情还是缘分？我记得有人说过：说得清的是情，说不清的是缘，自古缘深情浅，而我和她是情还是缘呢？我说不清，我想谁也说不清，也就但愿它是缘吧！看见宾馆提供的九寨沟介绍，我迅速浏览了一下：九寨沟位于四川阿坝藏族羌族自治州境内的大山中，地处岷山山脉南段尕尔纳峰北麓，是长江水系嘉陵江上游白水江源头的一条大支沟，也是青藏高原向四川盆地过渡的地带。传说很久以前，一个叫达戈的男神，热恋着美丽的女神色嫫。一次，达戈把用风月磨成的一面宝镜送给心爱的女神色嫫，由于魔鬼的捣乱，女神不慎打碎了宝镜，镜子的碎片撒落人间，变成了一百一十四个晶莹的湖，像宝石一样镶嵌在山谷幽林中，从此，人间便有了这处童话世界般的梦幻仙境——九寨沟。简介中的"女神、宝镜、碎片、圣湖、宝石、镶嵌、山谷、幽林"这些词、所讲述的九寨沟的故事，充满了浪漫神奇的色彩，而我今天也要携我的女神，一游这一百一十四个蓝色的镜湖所构成的神奇世界，那会是怎样一幅美景呢？我对今天的旅

白马河之恋

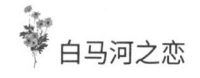

游充满了期待。

　　吃完早点，我们便来到了九寨沟风景区的入口。进去后，换上了景区的公交车，一个景点一个景点地游览。贾米娜今天换了一身运动装，干净利落，一路跑前跑后地张罗着照顾大家，一脸幸福的模样，她从早上见到我，总掩抑不住心中的兴奋，笑容始终挂在脸上。水，是九寨沟的灵魂，九寨沟的水与别处不同，灵动而清澈，湍急而多彩，时而碧蓝，时而浅蓝，时而碧绿，时而浅绿，再加上五颜六色的湖光山色，满眼所及如同欣赏一幅多彩的油画，充满了童话色彩。在这里旅游，所有人感觉好像回到了纯真的童年，怪不得常常有人发出"黄山归来不看山，九寨归来不看水"的感叹。

　　导游介绍说：20世纪60年代的时候，这里是国有林场的伐木区。1966年以后，采伐停止了十多年，等工人们再进去时，发现沟里的植被已恢复至近乎原始的状态，成为一处人间仙境：这里山明水秀，碧绿晶莹的溪水，好似项链般穿行于森林与浅滩之间，色彩斑斓的湖泊、五颜六色的钙华滩流、气势宏伟的瀑布群等景色令人目不暇接。沟里动植物资源也很丰富，种类繁多，原始森林密布，栖息着大熊猫等十多种珍贵野生动物。原始森林覆盖了一半以上的面积，林地上积满厚厚的苔藓，散落着鸟兽的羽毛，使人仿佛置身于美妙的世外天地。伐木工人偶然发现了这一人间仙境，便刀下留情，停止了采伐，留下了这片森林，成为国家森林公园。

九寨沟纵深有四十多公里，三条主沟呈Y字形分布，每道沟里景色不同。远望雪峰林立，高耸云天，终年白雪皑皑；近看藏家木楼、晾架、栈桥、水磨房等人文景观风情独特。由于交通不便，这里几乎成了一个与世隔绝的世界，仅有九个藏族村寨坐落在这片崇山峻岭之中，九寨沟因此得名。我们在盆景滩、树正群海、树正瀑布、诺日朗瀑布、珍珠滩瀑布、五花海等景点拍了大量照片，贾米娜让我和每个人合影，然后请人给我们五个人集体合影，总体下来拍了不少照片。我能理解，贾米娜拍这么多照片，是为了能和我单独合影，而不让人发现有异样。每到一个景点，她把每人与我合影定成了规矩，理由是：他们是陪我来旅游的，每个人都和李工程师合影，组网工程结束了，要留作纪念。

　　下午五点多，我们粗略地游完了九寨沟，回到沟口，吃完饭后就开始返回。今天由于起得早，加上旅游的疲劳，大家都很辛苦，所以在返程时，除了刘晓菲技术不行外，我提议每个人只开一段路，不能疲劳驾驶。我开第一个五十公里，贾米娜怕我不适应山区道路，主动坐到副驾驶位置上，看着我开车。一路上我开得很镇定自如，但她一点都不放心，似乎比我还紧张，一会儿跟我说前面有急弯，一会儿跟我说让我慢点，一会儿又说前面会车注意点……总之，像个护小鸡的老母鸡似的，总不放心我。终于到了文县，换上她来开，她才踏实下来，我便坐在副驾驶位置上睡觉。这样一路四个

白马河之恋

人换着开，晚上十点钟，我们回到了白马河镇。

星期一早上一起床，贾米娜的短信就来了：哎，早上不要吃早点，我给你带到办公室。

我回：好吧！我突然感觉，她今天对我的称呼也变了，不叫"尕李"，也不叫"李工"，只用了一个"哎"字来代替，心里有触电般的感觉，好像吃了蜜一样。

早上一进办公室，贾米娜已经来了。她说她给我带来了两样当地的特色食品，一种是洋芋饼，一种是一大杯牛奶鸡蛋醪糟。洋芋饼有十厘米大小，一厘米厚度，吃起来香甜可口。洋芋饼带得有点多，我只吃了一块，把牛奶鸡蛋醪糟喝完了。刚吃完早点，刘晓菲就进来了，一进门就嚷嚷着，说她闻见洋芋饼的味了，贾米娜说，你别嚷，有你吃的。刘晓菲问谁做的，贾米娜说她昨晚回家，给奶奶说她想吃洋芋饼了，奶奶连夜蒸洋芋，天不亮就起来做了洋芋饼，所以今天早上给大家带来尝尝。

刘晓菲边吃边说，可不是给大家品尝的吧，只要李工尝着好吃，就没辜负你的一片心意。

刘晓菲问我，李工，洋芋饼好吃不？我说，好吃。

她说，在我们这里的习俗中，平日里可不做洋芋饼，只有在定亲、结婚等喜事的时候才做。这洋芋饼一吃，里面的事儿可就大了，贾米娜家里人不知道，我可知道贾米娜对你可是私订终身了。

我说，真的假的？

贾米娜说，晓菲，不就一顿早点吗，看你说得那么复杂。

从九寨沟回来之后，我和贾米娜的关系发展到了一个新的阶段。我们在一起上班，我继续调试设备，准备下周到山上的铁塔上去安装，贾米娜做一些辅助性的工作。我俩约好上班时间绝对不谈恋爱。

贾米娜开始不以为然，她说，男大当婚、女大当嫁，你没娶，我没嫁，有什么不能公开的。我说，公开是迟早的事，时间要把握好，否则会给你我双方，尤其是你带来不必要的麻烦。我说，你想，我们现在彼此是合作方，后面的工作还需要我们俩的配合，你代表甲方，我代表乙方，现在甲乙双方合作还没结束，双方的代表却谈起了恋爱，这不成了笑话吗？我说，等我们的工程结束了、验收了，再公开也不迟。

贾米娜认为我说得对，所以我们的恋情暂时转入了地下。

感情这东西，本身就是非理性的，人常说恋爱中的男女，智商最低，我们也是一样的。上班的时候，贾米娜在一颦一笑间，是一个沐浴在爱河里的女孩子的模样，只要她在办公室里，就常常能听到她欢快的笑声。她看我的眼神和我看她的眼神里，都是满满的爱意，我们的交流全是用眼神。女人的直觉往往是很准确的，刘晓菲常常说，李工来了后，贾米娜像变了个人似的，她猜测我们两个谈恋爱了，但我们谁也没承认。

白马河之恋

刘晓菲曾怀疑九寨沟之夜,贾米娜去找我了,贾米娜回房间后,她使劲逼问,贾米娜说是接了谭依玫的电话,房间信号不好,她在宾馆外和谭依玫煲电话粥,说的时间长了点,才搪塞了过去。谭依玫是贾米娜的同学加闺蜜,在白马河小学当音乐老师,刘晓菲是认识的,所以刘晓菲才将信将疑地放过了这件事。

八

　　星期二早上,我和贾米娜计划上一趟南山,去看看铁塔安装的进度,所以我们一上班就出发了。今天就我们两个在一起,又是非常正当的理由,我们俩快乐得像刚出笼的鸟儿一样,有一种要飞翔的感觉。我们快乐极了,这种快乐,人只有在一千次梦里,偶然能碰到一次,但我们今天碰到了,而且可以是整整一天。我们把车开到南山脚下,贾米娜从后备厢里拿出两套运动服,是情侣款,说是她抽空去专卖店买的,让我试试合适不。我一试刚好,我们便穿着情侣装开始爬山。

　　今天时间很充裕,我们爬山爬得很慢,一边走一边漫无边际、随兴所至地聊着感兴趣的话题。我发现,贾米娜的智慧像是一座藏在深山里的金矿,遇见了我,才一点一点被开采出来。一点也不假,自从和我交往以后,她一天比一天更智慧了。我呢,也渐渐发现了她本来的素养、学识和能力。她讲述的白马河的人文历史习俗,没有文学素养的人,不可能信手拈来地讲出那么多的故事。我平时就喜欢诗歌,尤其是海涅、彭斯、雪莱的诗,还有席慕蓉、海子的诗,今天有美人相伴,更是诗兴大发。

　　我给她朗诵了一首席慕蓉的抒情诗《一棵开花的树》:

白马河之恋

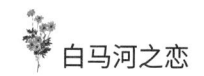

如何让你遇见我

在我最美丽的时刻

为这

我已在佛前求了五百年

求它让我们结一段尘缘

佛于是把我化作一棵树

长在你必经的路旁

阳光下慎重地开满了花

朵朵都是我前世的盼望

当你走近

请你细听

颤抖的叶是我等待的热情

而你终于无视地走过

在你身后落了一地的

朋友啊 那不是花瓣

是我凋零的心

……

  开始时是我朗诵，最后竟成了两个人共同朗诵，在朗诵这首诗时，我们觉得它似乎并不是席慕蓉写的，而是从我们自己的感情中流泻出来的。读着读着，我们似乎不只读懂了诗，也读懂了对方，我们互相对望着笑起来……

  走到半山腰时，已经可以俯瞰到整个白马河镇了，周围的风景特别美，我们站在一个平台上，边欣赏风景边休息。我问她，你看过海涅的《哈尔茨山旅行记》吗？

她摇摇头。我说，在这本书里，有一段很有名的故事。

她摇着我的手，孩子似的撒娇道：啊，什么故事，快告诉我。

什么条件呢？我笑着问。

她说：条件！条件！你总是条件！……

她装作恼怒的样子，走过来，甜甜地吻了一下我的嘴唇，又笑着道：这个条件你该满意了吧！快把这个故事告诉我！

我于是告诉她下面这个故事：有一次，海涅到山上旅行，在山上的一个亭子里，遇见了一个既可爱又美丽的女郎，海涅望了望这个女郎，女郎也望了望海涅，两个人互不相识。海涅踌躇了一会儿，终于向女郎点了点头，很温柔地对她说道："亲爱的女郎！您不认识我，我也不认识您，我们原本没有谈话的可能，也没有谈话的必要，不过，四周的风景是这样美丽，而您比四周的风景还要美。我在第一眼里，便被您的美丽感动了，这种感动使我不能不开口向您说点什么，我如果不说一点什么，好像就对不住美丽的您！假使我要说出失礼和冒昧的话呢，希望您不要生气，您永远只能微笑或不动声色，否则，就和四周的风景不协调了！现在，美丽的姑娘，我对您有一个又冒昧又很自然的请求。您一定知道：我们这一次的相遇，多么偶然，多么难得。我从几百里外来，您也从几百里外来，在一个很偶然的时间，我们居然很偶然地遇见了，比两条闪电在黑夜的天空相遇还要偶然。在这次相遇

白马河之恋

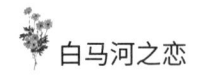

以后,也许在五分钟或十分钟以后,我们就分开了,从此不再相遇了。在您老年时,偶然回忆起来,或者偶然记起:'在某年某月某日某时某山的山顶上,我曾和一个英俊的年轻绅士相遇……唉,距现在已隔了四十年了!'在我们一生中,我们这一次闪电般地相遇,多么富有神秘的诗意啊!为了给这首神秘的诗,涂上一点美丽的色彩,我请求您允许我,在您红红的嘴唇上轻轻吻一下,您一定不会拒绝吧!您如果拒绝,就完全破坏了这美丽的风景。我们这一吻,像鸟飞花落一样,也是大自然的风景的一部分啊!"说完,海涅就过去和那女郎热烈地吻了一次,那女郎的整颗心都沉浸在海涅的话语里了。

我讲完了这个故事,贾米娜一撇嘴,意味深长地笑了起来,说,这个故事我是看过的,你讲的与原著不符,这一段话并不是海涅所讲的,而是你自己编出来的!

我笑着说,海涅讲的也好,我编的也好,反正只要有这么一段故事就行了。

她沉思了一下说,你这一套说辞编得不好,太啰唆了。我如果是海涅,我只要说下面四句话就行了:"姑娘你太美了,我们今后也永远没有机会相遇了,让我留一个吻在你的嘴唇上,供你晚年回忆吧!"

我笑了起来,说,妙啊,到底你是女人,只有女人最懂得女人的心啊!

她嗔怪地说,九寨沟之夜,你吻我时,为什么连这一套说辞都省了?

我说，我知道你是个不爱啰唆的人……

爬到山顶，目测了一下，铁塔安装了只有一半高度，贾米娜和施工负责人通了电话，他们说基础工作进展比较慢，后面安装速度就加快了，周末会完工，于是我们就下山，原路返回。

白马河之恋

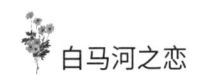

九

　　这一段日子里，每天傍晚，是我们最开心的时候。我们约好在白马河畔的亭子里见面，然后沿着河堤上的林荫小路，一直走到道路的尽头，然后再走回来。贾米娜总会变换着穿她认为最好看的衣服。我白天看到的一身警服的她，和傍晚见到的美丽大方、知性优雅、温柔贤淑的她，往往判若两人。她的身材不做模特都可惜了，无论什么衣服，只要穿在她的身上，都会穿出不一样的风情和风采。我们每天都有说不完的话题，随兴所至、漫无边际。一首喜欢的歌，你唱完了我接着唱；一首诗，你没朗诵完我就抢着朗诵。在这些日子里，我们的快乐是无穷无尽的，我们的幻想也是无穷无尽的，环绕在我们四周的，似乎永远是鲜花盛开、蓝天白云、杨柳依依。她常常幻想着去远方，问我：你见过"无边的原野在天的尽头开满鲜花"是一番什么样的景色吗？你说咱们要不找个地方，过一种"喂马、劈柴"关心"粮食和蔬菜""面朝大海，春暖花开"的日子……

　　我说过，贾米娜的才华像是一座金矿，我不知道里面藏有多少宝贝，遇见了我，它才一点一点被开采出来。贾米娜说她喜欢很多首英文歌曲，但有一首歌是她的最爱，在她心情好的时候爱听，在她心情不好的时候也爱听，都能使她心情平静下来，这就是 *Scarborough Fair*，中文译为《斯卡布罗集市》。作为经典的歌曲，必将永远在人们心中回响，不断地勾起人们那些或忧伤或欢乐的回忆来。她打开手机里的歌曲《斯卡布罗集市》，一副耳机，两个耳塞，我们一人耳朵里放一个耳塞，背靠背坐在河堤的椅子上听起来：

> 您是否要去斯卡布罗集市？
> 芫荽、鼠尾草、迷迭香和百里香。
> 代我向那里的一个人问好，
> 她曾经是我真心深爱的姑娘。
> 请让她为我做一件麻布的衣裳，
> 芫荽、鼠尾草、迷迭香和百里香。
> 没有接缝也找不到针脚，
> 她就将成为我心爱的姑娘。
> 请她为我找一亩土地，
> 芫荽、鼠尾草、迷迭香和百里香。
> 要在那海水和海滩之间，
> 她就将成为我心爱的姑娘。
> ……

在这种无忧无虑、充满享受的幸福中，我们似乎忘记了一个月后，我们是要分开的。有时候她冷静时问我，浩子（她现在给我起的新昵称），你对咱们的未来是怎么规划的，总不至于像牛郎织女，谈一场鸿雁传书的精神恋爱吧！我说，

白马河之恋

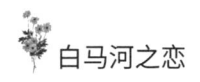

我考虑过了，我会想一种可行的办法带你去西安，我才不会把你一个人留在白马河的，那样我都会发疯的。她听了我认真的回答，似乎宽慰了好多，紧紧地依偎在我身旁，生怕我会消失了似的。

有一天晚饭后，我们在散步时看见河堤不远处有一所学校，贾米娜告诉我，那就是白马河小学，是她小时候上小学的地方，也是她父母现在工作的地方。她说，在我来白马河之前，她每天的生活很有规律：每天晚上会在学校的活动室和闺蜜谭依玫打一小时的乒乓球，然后，去小学家属楼上她家的房子里洗澡，晚上就住在那儿。她父母每天回家，不在那儿住，有时谭依玫索性就住在她家，两个人东拉西扯能聊半夜。她说，谭依玫是她小学、中学的同学，又是闺蜜和好友，中师毕业后分到母校，任音乐课教师。自从我来了以后，她才停止了打乒乓球这一习惯，谭依玫这几天天天约她，她都以单位加班为由推掉了。

她问我会不会打乒乓球，我说我会，中学还拿过名次呢！贾米娜听了，跃跃欲试，非要和我去打乒乓球不可，我们便去了白马河小学。

傍晚，没有学生的校园里静悄悄的，一进学校大门便是教学楼，穿过教学楼后是学校的大操场，操场边上是学校的家属楼，家属楼旁边有几间平房，那里就是活动室。贾米娜熟门熟路地打开活动室，取出乒乓球，我们便打了起来。我看贾米娜用直拍发球，我也用直拍接球，打了几圈，我便了解了贾米娜的水平。五局三胜，打了前两局，都是我赢，到第三局，为了调动贾米娜的积极性，我故意出了几次失误，让贾米娜赢了一局，第四局我又让了贾米娜一局，我们打了个二比二平，贾米娜信心大增，第五局决赛，贾米娜铆足了劲要胜这一局，我也想让她胜，便频频出错，贾米娜以三比二取胜，贾米娜大喜，我更高兴。

我们正准备进行下一局，外面进来一个人，你猜是谁？估计你也猜不到：是谭依玫。谭依玫人还没进门，声音就进来了："哎呀呀，尕娜呀，我就说最近不见你人呢，原来有帅哥相伴，忘了朋友啊，重色轻友呀！重色轻友呀！"

贾米娜有点脸红，不好意思地说，玫玫，你胡说什么呀！你怎么知道我在这里打球？

谭依玫说，我刚从外面回来，门房王师傅说你带了人来打球，我就过来看看。

贾米娜说，来，我给你介绍一下，这是从西安来我们单位协助工作的李工程师。

她回过头，又对我介绍说，李工，这是我的闺蜜，白马河小学音乐老师谭依玫。

谭依玫过来跟我礼节性地握了握手，很娇媚地笑着说："幸会！幸会！"我也客气地回应了她。我看了一眼谭依玫：这是一位典型的知识女性，姣好的面容，高高的身材，杨柳细腰，说话发声用横膈膜，声音的穿透力很强，是典型的学声乐后遗症。公正地来说，她比贾米娜要艳丽得多，看人时眼睛很

白马河之恋

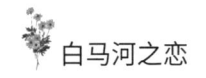

有锋芒，她的嘴唇涂得比樱桃还鲜艳，淡玫红色的眼影迷媚动人，她的脸上抹了足够的底粉，使她的脸细腻得像瓷娃娃一样，她的唯一缺点，也是她的唯一优点，太妖艳，太俗丽。和贾米娜比较起来，她显得多了些俗气，少了些清纯。这就好像两幅画，一幅虽然有富丽堂皇的色彩与线条，但含义太浮浅，太空虚；另一幅在色彩线条方面虽然没有前者奢华，但却充满了活泼的生命力和超然的神韵。

贾米娜之前跟我提过谭依玫，我便多看了她一眼。贾米娜很敏感地对我说，漂亮吧？！看呆了吧？！

我说，你们白马河真是出美女的地方，这美女都成灾了！

谭依玫说，李工真会说话，这正话反说听得都让人舒服，不过你还真没说错，唐朝第一大美女武则天可出生在四川广元，是和我们吃同一江水长大的，我们这里的水，号称"桃花水"，专养女人，能不漂亮吗？

贾米娜说，玫玫，你这几天不是喊着要打球吗？赶快陪李工打一局，让我歇会儿。

于是，谭依玫便上场和我打了起来。

谭依玫一上场，看我持拍方式是直拍，似乎已经知道我的乒乓球水平了。她先用直拍发了几个球，我全部稳稳当当地杀了回去，她一个都没接住，她有点急了，突然倒手成横拍，削一个球过来，我没有注意，球飞了。练了几下后，我已经知道，谭依玫的水平远远在贾米娜之上，所以我也改成横拍，和谭依玫正儿八经来了一场比赛。谭依玫的水平确实了得，前四局咬得很紧，我们打成二比二平，最后一局，我险胜一局，赢得了比赛。

贾米娜在旁边观战，开始还为我捏一把汗，最后看我持横拍左抽右杀，推挡自如，知道我的水平不低，才放心地看我们鏖战，直喊过瘾，最后我赢了，她才吁了一口气。

贾米娜说，李工，刚才比赛前我没告诉你，谭依玫可是我们学校教员中，女子乒乓球冠军，你能把她打赢，真了不起！她平时都是陪我练的，是我的专职教练。

我说，我今天不算赢，只能说是险胜。谭依玫也直呼今天过瘾。

贾米娜噘着嘴对我说，看来前面我胜你，是一个假象，都是你故意让我的！我笑了。

接着，谭依玫又陪着贾米娜打了一场，两个人汗水淋淋地结束了比赛。

贾米娜要回家洗澡，我要回宾馆，谭依玫家就在白马河宾馆旁边，我们刚好同路，贾米娜让我顺便送送谭依玫。

出了白马河小学，我和谭依玫一路走着，她很客气地和我聊天，问东问西，以免两个陌生人走着尴尬。我看得出，贾米娜和谭依玫感情很深厚。我爱贾米娜，凡是她觉得美好的、可亲的，我自然也觉得美好、可亲。爱花的人，自然也爱叶子，因为叶子常与花接触，风一起，叶子和花就会拥抱在一起，在叶子的身上，也有花的影子。我觉得谭依玫跟我也很亲近，完全出于这种"花叶哲学"。谭依玫既然是她的好友，我自

白马河之恋

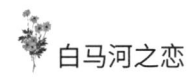

然也得对她的好友表示出尊敬与礼貌。谭依玫一路问了我好些问题,无非是我个人、单位、工作的情况。我尽力答得使她满意。从她的问话来看,她只把我和贾米娜的关系当成一种工作关系,没有往男女朋友关系上想。把她送到家门口后,我便回了宾馆。

十

南山上的铁塔已经安装好了，我的工作又要忙起来了。我们今天是带设备上山安装，南山上没有车走的路，汽车只能把设备运到南山脚下。秦所长带了十几个民警过来帮忙，重的设备两个人抬，轻的设备一人一件，往山顶上运。今天的安装，我是总指挥。六十米的铁塔，做了两个平台，为了减少无线信号在馈管中的衰减，尽量减少馈管的长度，我们在四十米处的第一个平台上，安装了一个活动房，把基站设备、链路设备全部装了进去。在五十米的作业平台上，安装了高增益天线设备，在六十米最高处安装了避雷装置。我们事先在塔顶上安装了定滑轮，所有的机箱和设备，都是用滑轮一件一件吊上四五十米的塔顶。平时我们干的时候，难度是比较大的，这次有这么多的警察帮忙，加之我的经验也比较丰富，基本上干得有条不紊，非常顺利。由于在山下时，准备工作做得很充分，干活时，我主要在设备的连接上多动手，在一些容易出问题的地方多操些心，人多干活不愁，原计划一天的工作量，在下午三点多钟所有设备已全部安装到位。

在这一天的忙碌中，贾米娜也承担了很多工作，我们忙得几乎没时间说话，遇到时，最多给对方一个会心的微笑。下山前，所有设备加电运行，我们派出好几辆车，沿不同的方向，行驶出去很远，进行信号覆盖测试，效果好极了，整

白马河之恋

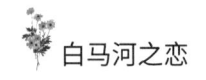

个白马河镇无线信号全覆盖，下行信号已覆盖到八十公里以外的地方。测试的结果能说明两个问题：其一，主塔的位置选择是合适的；其二，主塔和指挥中心设备运行正常。只要这两方面没问题，整个网算成功了多一半，接下来，只要把八套链路设备安装到位，整个网就成功在望。

贾米娜知道了测试结果，即组网已取得了阶段性的好成绩，高兴得像个孩子似的，非嚷着要去庆祝一下。下班后，我们去了一个西餐厅，我们点了牛排和香槟，正准备吃饭时，谭依玫给贾米娜打来了电话，问贾米娜在哪儿，贾米娜告诉了她，说在陪我吃饭，让她也过来一起吃饭，完了一起去打球。谭依玫说，她吃过饭了，但确实想和李工再打一场球，那天打得不过瘾，让我们吃完饭直接过去，她在学校活动室等我们。

我们吃完饭，到了小学活动室时，谭依玫已经在等我们了。谭依玫今天一身玫瑰色的运动服，上次见她时的长发，今天绾成一个漂亮的发髻固定在脑后，依然是火红的嘴唇，眼影换成了淡蓝色的，衬托得皮肤更加白皙，漂亮而干练。

我们已经是第二次见面了，大家已熟络了好多，见面后我开玩笑说，依玫今天又换风格了，像美国电影明星薇诺娜·瑞德。

谭依玫笑着说，你说的是《小妇人》中的乔的扮演者，我哪儿有人家漂亮，爱捯饬是因为不漂亮，哪儿像贾米娜天生丽质。

贾米娜说，李工夸你，你就照单全收，别扯我哦！

我今天有点累，我让她们先打，她俩完全是以锻炼身体为目的，一边打一边聊天，打得很放松。到最后，我和她俩每人打了一场比赛，和贾米娜打时，我尽量照顾她的水平，互有胜负。谭依玫在一旁都看不下去了，说，你俩打得这么温柔，是打球还是谈恋爱呀？好好打！

等到谭依玫上场，她攻势犀利，我不敢含糊，一分一分扣得很紧，得分不相上下，我吊了几次远球，都被她杀了回来，最后我主动放弃进攻，让谭依玫打了个五局三胜，她终于赢了我，高高兴兴地结束了比赛。

贾米娜回家，我回宾馆，我和谭依玫同路。我们俩依然是聊东聊西，谭依玫对时尚话题特别感兴趣，喜欢打听大城市流行什么服饰、今年的流行色是白色还是黑色、今年哪几部美国电影最火。对好莱坞的电影她如数家珍，对每个演员的表演风格她都有自己的观点。她听我说好几部电影没有看过，眼睛睁得好大，仿佛美国人不知道克林顿、法国人不知道希拉克似的惊愕，一直说"不至于吧？不至于吧？"，替我惋惜。好不容易把她送到家门口，我才松了口气。

第二天，我和贾米娜在办公室给瞭望台准备了一天设备。贾米娜说美国大片《泰坦尼克号》今天要在白马河电影院上映，她搞到了两张晚上七点的票，我们约好晚上六点半在宾馆门口见面。

晚上六点二十分，我走下楼，打算在门口等贾米娜，走到门口，我微微吃了一惊。我看见谭依玫正往宾馆走，我心里有点纳闷：我并没有约谭依玫，她来做什么呢？也许她来这里找别人的吧！

正纳闷着，谭依玫喊我："尕李，我正要上去找你！"

白马河之恋

找我？我更有些纳闷了。

我说，有事吗？

她跑过来，凑近我亲热地说，今晚电影院放映美国大片《泰坦尼克号》，我想请你一起去看电影，我没有你的电话，所以就直接来宾馆找你了。

我马上反应过来是怎么回事，就问，贾米娜一起去吗？她有些不悦地说，你就知道贾米娜贾米娜，咱们俩不可以吗？

我们俩正说话间，我看见贾米娜正远远地走来，老远看见我正和谭依玫说话，她稍一迟疑，好像明白了什么似的，转身拼命地向远处跑去，看样子是生气了。谭依玫顺着我的目光，也看见了贾米娜跑去的一幕。

我赶紧对谭依玫说，依玫，谢谢你的好意，我今天和贾米娜约好，要去派出所加班，不能陪你看电影了，实在对不起哦！说完，我不顾谭依玫失望的目光，赶紧跑出去追贾米娜。

远远地，贾米娜似乎意识到我追逐的影子，跑得更快了，我于是加快脚步，几乎是在跑，惹得行人向我投来好奇的目光。追过一条街道又一条街道，直追到河堤公园，才追上了她。

我紧紧地抓住她的胳膊说，小娜，你这是为什么？你为什么跑开呢？小娜，你为什么不说话……

她始终不开口，我最后拉她坐在荷塘边的一张长椅上。河堤公园离镇中心有点远，公园里除绿植以外，零星地开着一些月季花，只有荷塘里的荷叶，在这无人打扰的环境里，长得很茂盛。叶子出水很高，像亭亭的舞女的裙，层层的叶子中间，零星地点缀着些白花，花朵很小，打着羞涩的卷儿。几乎没有人，四周空旷极了，我们好像并不是在城镇里，而是在深山里、在荒岛上。

我紧紧地拉住她的手，用最温柔的声音，把她的名字叫了一百遍。我几乎是哀求地向她说，小娜，告诉我，你究竟在想什么？……别再这样沉默了，你忍心对你最爱的人这样冷酷吗？我过去是怎样对你的？你过去是怎样对我的？生命是短暂的，我们怎能把生命消耗在这种无谓的误会上呢？

她不开口，突然倒在我怀里哭了，她一面啜泣，一面断断续续地说出了谭依玫的名字。

她问，你和她昨天晚上回去的路上是不是说了好多话？你是不是喜欢上她了？你是不是约了她今天晚上去看电影？如果是这样的话，你为什么不直接告诉我，让我傻乎乎地去宾馆门口，搅了你们的好事？

我轻轻拍着她的肩膀，用最诚恳的态度，用我所能搜寻到的所有理由，向她解释这个可笑的误会。

我说，我和她昨天晚上没聊几句，她是你的朋友，我受你的委托顺路送她回家，我所说的话都是光明磊落的社交语言。我是坦坦荡荡的谦谦君子，对你的朋友我没有任何暧昧的想法，我俩也根本没有任何私情，我更不会越雷池一步，说喜欢根本谈不上。我对她有的是礼貌、尊重和友好，这一切都是源于我对你的爱，我把你的朋友自然也当朋友。今晚我没有约她，至于她为什么突然来约我看电影，只有她自己

白马河之恋

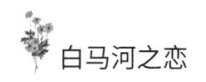

知道。这也说明了一个问题,你隐瞒了咱们的关系,她认为咱们只是普通的工作关系,最多是"比较好"的工作关系,并不是恋爱关系。如果以此为前提,你换位思考一下,人家有一些其他的想法,你就不能怪人家了……

解释着,解释着,我的泪水也不由自主地流了下来,我声泪俱下地告诉她,我实在不能忍受因误会而引起她痛苦。你如果不信任我,这场恋爱对我们双方有什么意义呢? 你知道自从认识了你,我为什么特别爱惜生命吗?这是因为我认定了你就是我生命中一直在期待的那个女孩,我现在觉得为什么我的人生如此美好,生命如此珍贵,就是因为我的生命中出现了你,你的一颦一笑,一喜一悲,都牵动着我的神经!我希望我对你的爱,你不要有半点怀疑,我们的爱,就像《我侬词》里所说的"你侬我侬,忒煞情多,情多处,热如火。把一块泥,捻一个你,塑一个我……我泥中有你,你泥中有我。与你生同一个衾,死同一个椁。"

说到这里,她凑过来,用嘴唇堵住了我下面的话……很久以后,她伏在我怀里,流着泪说,我知道,猜疑和嫉妒会使一个人变得心胸狭窄,很小气,我好几次提醒自己,不要犯这个可怕的错误,但我终于忍不住犯下了,因为我——我——我,太爱你,太在乎你了,我……

她说不下去了,她又自责地哭起来……说,我现在已经深深地读懂了你的心!她用感激的眼睛望着我,除了感动,更多的是深情。

事后我觉得，这次误会造成的不愉快，不仅没影响我们的关系，反而增加了我们彼此的了解。记得有人说过，爱情像"炼金"一样，不掺杂一点误会的"铜"，这金子的硬度就不高，就不会那么坚固。

这以后，我们就不再提起这件事了。

第二天晚上，我们还是一起去看了《泰坦尼克号》。看到最后，看到露丝和杰克在北大西洋冰面上生离死别的情景：杰克将露丝推上仅有的一块漂浮的木板上，自己却浸泡在冰冷的海水中，杰克向露丝做最后的告白："你一定会脱险的，你要活下去，生很多孩子，看着他们长大。你会安享晚年，安息在温暖的床上，而不是今晚在这里，不是像这样死去。"随后，杰克沉入海底，撒手而去……贾米娜哭得泣不成声，我握住她的手，她的手冰凉发抖……

从电影院出来，我说，你这两天快把眼泪哭干了。她破涕为笑地说，只要以后我们死活在一起，我一次都不哭！

贾米娜后来告诉我，谭依玫第二天就去找她了，说知道了我们在谈恋爱，埋怨贾米娜保密工作做得太好，连她的眼睛都骗过了，以至于她自作多情，给我们俩造成了这么大的误会，并表示了深深的歉意。这以后，她似乎不好意思再和我们接近了，渐渐和我们疏远了，这在我们正是求之不得的。

一场误会就这样过去了。

白马河之恋

十一

自从我来白马河后，见秦所长的面比较少，我问起贾米娜，她说秦所长最近在办一件大案，具体什么案件，因为工作纪律，她不便透露。

主设备已经安装调试到位，下面要开始给八个瞭望塔上安装中继台和链路设备。链路设备的名字听起来可能太专业，通俗地讲，就是主台发出的信号覆盖不到这里，因此增加一些专门的设备，来放大收到的信号，以扩大覆盖面积，使信号向更远的地方传送。链路设备安装起来虽然不难，难的是白马河自然保护区的这几个安装点基本都在海拔三千米以上，在深山老林最偏远、人迹罕至的地方，路途遥远。林区虽然有专门的防火专用公路，但公路和这些点之间，还有很远的羊肠小路，近则几公里，远则几十公里。大部分瞭望塔上不通电，只用备用发电机和太阳能电池工作。

下周就要去最远的琵琶岭去安装设备了，因为要沟通的事情比较多，秦所长约我在办公室深谈了一次。他说，虽然只是安装设备，但路上可能会遇到好多其他的事情，所以他要提前告诉我一些情况。他说，从去年以来，白马河自然保护区的治安形势突然恶化了，据上级通报，国家有关部门通过"天目四号"卫星扫描发现，有几个地方有非法种植罂粟的现象，其中一处就在白马河自然保护区范围内。这些罂粟非法种植地通常被警方称为"靶区",大部分处于大山深处、山高林密的保护区内,这里由于移民搬迁、封山育林、禁耕、禁牧、禁采、禁伐,人迹罕至,地形复杂,十分隐蔽,所以种植罂粟不易被发现。这些罂粟种植地都是秘密的,谁种的、谁收的,除了当地人谁也不知道,所以查处非常困难。他说,他最近就一直在办这件案子,他们保护区公安处之所以这一次下决心要安装我们厂这套先进的通信设备,与林区治安形势恶化也有关系,上级领导下决心要铲除,所以迫切需要这套通信设备尽快投入使用。秦所长说,我之所以把案件概况告诉你,是因为你们下周要去琵琶岭安装设备,沿途会经过几个涉毒的村庄,现在正是罂粟开花的季节,犯罪分子就住在这些村庄或村庄周围,你们通过,有可能会惊动他们。你们最好装作若无其事地通过,看见罂粟花也装作没看见,不要声张。如果发生任何突发事件,你们同行的民警会处理好,他们经验丰富,都带有枪弹,你不用担心。我说,一定会配合好。

　　新的一周开始了,我们一行人,拉了一车设备,去琵琶岭瞭望塔安装。由于路途遥远,又要走十几里山路,贾米娜和刘晓菲两个女同志都没有参与,她俩就留在指挥中心值守,以便我们安装时试机。

　　先说说什么是瞭望塔:瞭望塔是森林中用来观察林区情况的设施,其作用主要有两点:一是森林防火,即及时发现火情,小火及时扑灭,大火及时上报。二是林区治安管理,

白马河之恋

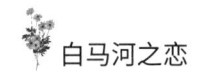

即及时发现警情，及时上报，及时采取措施。瞭望塔一般是钢结构的塔体，有十几米至几十米不等的高度，主体曲线一般为折线形，内部结构为交叉式，上部设有工作平台或值勤房，内部设有斜向爬梯或旋转爬梯，塔下一般都建有一座房子，供值班人员休息。

白马河林区有八座瞭望塔，都建在各个区域的最高峰上，琵琶岭也不例外。汽车在森林中沿着防火专用公路跑了将近一百公里后，远远地看见了琵琶岭，车停在了路边，不能再前行了，因为接下来都是羊肠小路，车无法上去。秦所长今天除了给我们派了民警老刘和老郑警戒外，专门雇了几个强壮的民工，把设备往山上挑。我们空着手跟着走都气喘吁吁的。

刚离开大路，走了不远，看到一片密集的槐树林，穿过槐树林，出现几排破旧的土坯房，东倒西歪的。鸡不叫、狗不咬，一个人影都没有，应当是一个废弃的村庄。整个村子寂静无声，就像小说中描述的鬼村。但路旁的小块地里土豆和红薯的植株正开着花，说明这里有人种植。

老刘和老郑今天担任警戒，为了不引起注意，他们今天都穿便衣，藏短枪。老刘很健谈，一路上不停地给我介绍林区的情况。他说，我们刚一到沟口，就发现有人躲在林中盯梢，这些人就是种毒分子的暗哨，他们一直尾随着我们，正在判断我们这些人的身份和来意，我们不用理会他们，他们对我们身份的判断应该是：去琵琶岭瞭望塔送设备的林场职工。只要不是公安局派出的铲毒警察，他们一般不会在意。

又走了几公里，老刘指着前面河湾的一个小村子说，那个村子里也种有罂粟，你如果现在进村，基本看不到一个人，连问个话的人都找不到，但你如果在罂粟地里逗留，就会有人盯上你，人少的话，甚至有生命危险，连山都出不去。这个村子和前面槐树林旁的村子，就是靶区里的两个点，属于我们今年要铲除的对象。

从山脚下到山顶瞭望塔有十几里路要走。老刘说，你们现在建设的这个通信系统太重要了，我们现在很迫切地需要它投入使用。现在，林区百分之九十的地方是通信盲区，没有手机信号，一旦发生案件，指挥中心无法在第一时间得到消息，很容易贻误战机。每个瞭望塔上，只有一个值班员值守，值班员每十天换一班，每个人在山上待十天，在家里待二十天，平均下来也算八小时工作制，但在这上面的孤独、寂寞是常人难以忍受的。每个瞭望塔都配备了超短波电台，要求值班员每隔一小时，向指挥中心报告一次，我们这里俗称"报平安"。如果某一个瞭望塔缺报一次，就会引起指挥中心注意，缺报两次就会采取措施。一般会指派最近的瞭望塔的值班员翻山越岭步行去打探消息，正常情况下没有太大的事情，一般不是电台坏了，就是发电机坏了，诸如此类。

由于通信不便，我们为此还牺牲过职工，你看山下那些墓。顺着他手指的方向，我看到了山脚下的两座坟墓和墓碑。他说，我们这里把这两座墓叫夫妻墓，几年前，琵琶岭上有个值班员叫马根旺，春节期间把新婚的媳妇带上了瞭望塔，刚好春

白马河之恋

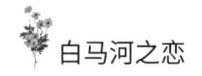

节之前瞭望塔上的电台坏了，准备过完春节再去维修，已经向指挥中心报告过了。春节期间，大雪封山，大年初二，马根旺突然发生心绞痛，疼得受不了，媳妇只好扶着他下山求救。连跌带爬走到山脚下，他实在走不动了，让媳妇去最近的庙岭瞭望塔去求救。媳妇爬上庙岭山带人来救他时，马根旺已经死了，身体冻成了蹲姿的雕像。马根旺生前曾跟媳妇说过，如果他死了，想埋在他工作过的琵琶岭下，所以死后就被埋在了这里。她的新媳妇，回家后因自责想不开，服毒自杀，也被埋在了这里……

听了老刘的讲述，我们一行人心情都很沉重。

走了将近两小时，我们到达了琵琶岭瞭望塔。老刘说，在山区，进山有进山的规矩，山门里的人最喜欢来访者给他们带来粮食和蔬菜等给养。这里所说的山门，一般指寺院和庙宇。这些长期在山里值班的职工，也接受了这一习俗。所以凡是来瞭望塔工作的人员，都尽可能地多带些粮食、肉食、蔬菜给他们，对他们的工作也是一种慰问和鼓励。我们今天给值班员带来了丰盛的肉、蛋、蔬菜等食品，山顶上气温低，便于保存，能吃好长一段时间。值班员吴师傅非常高兴，给我们做了一锅他拿手的烩面片招待我们，我们把准备在路上吃的牛肉、面包、火腿都留给了山上。设备安装完毕，我们赶天黑前到达山下公路上，乘车连夜赶回白马河镇。

接下来的行程都大同小异，我们每天都山里山外地奔波。距离较近的瞭望塔，贾米娜和刘晓菲也随我们一起去安装。

运送设备的民工，干活也干出了经验，为了省力，一个人提前把马牵到瞭望塔所在的山脚下，设备运到后，将设备捆在马背上，驮着上山，一下子，大家都轻松了好多。

初夏的森林里，草长莺飞，五颜六色的野花在道旁安静地开放着，芬芳引来了蜜蜂和蝴蝶，在树林里四处忙碌着。有时从溪水边走过，马蹄溅起的水声，更增添了密林的幽静。贾米娜和刘晓菲她们，一会儿摘几朵山花，一会儿采几朵野蘑菇，常常玩得不亦乐乎。但我常常发现在歇息的时候，贾米娜好长时间不说一句话。我能感受到，随着安装工作一天一天接近尾声，我们分别的日子在一天天临近。

有时，刘晓菲也开玩笑似的对贾米娜说，我看你一天都离不开李工了，他要回去了，你怎么办呀？贾米娜也不回答，脸上显出若有所失的表情。渐渐地，她开朗的时间少了，沉默的时间多了。

十二

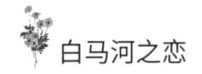

又到了周末,我们准备休息一天。一周来,天天往山里面跑很辛苦,所以周日,我想请贾米娜好好地吃顿饭。

我郑重其事地约她吃饭,还是第一次,她很高兴。她是那种稍微打扮便光彩照人的女孩。平时一身警服,掩藏了她的很多优点。她削肩细腰,长挑身材,今天穿上了白色简洁的七分袖衬衫,依然是蓝色的牛仔裤,一身清新、凹凸有致,使她秀美的身材愈加亭亭玉立,一张清秀的脸,再配上时尚的短发,更显得楚楚动人。

我们来到一家餐厅,我说,小娜,我来白马河已经二十多天了,每次吃饭都是你请我,今天我也请你一次,你可不要为我省钱哟!贾米娜说,我会给你一次表现的机会,让你好好地请我一次的。这家餐厅是我们镇上最好的餐厅,有几个招牌菜我点给你。她点了黑胡椒牛柳、葱爆羊肉、清炒芦笋、松仁玉米和一个叫荷塘月色的汤。两个人,四菜一汤,放满了一桌子。她不停地给我搛菜,喜欢聆听我讲我们西安的一些话题。她问我,你们西安的回民街都有些什么好吃的?我告诉她,有牛羊肉泡馍、粉汤羊血、甑糕、烤羊肉、粉蒸羊肉、酸汤水饺、灌汤包子等,你如果去西安回民街,光看都看不过来,更别说吃了!她说,我还不知道什么时候才能去西安呢!我说,等你嫁给我了,不就去西安了?她羞红了脸。

"你这次回去，什么时候再来白马河？"她问我。

"我会很快过来看你的。"我说。

"你看你自己说得都那么不自信，还能安慰我吗？"她神情落寞地说。

我默然了，因为工作关系，我常常也身不由己。

贾米娜黯然神伤，眼里泛着泪花，强忍着转过头去，看着玻璃窗外纷乱的街道。街道上人流熙熙攘攘，每个人都按自己的轨迹忙碌着。

一场高高兴兴的饭局，在一种离别的愁绪中结束了。

周一，我们给最后一个，也是最近的一个瞭望塔去安装了设备，自此安装全部结束。周二，秦所长安排所里的全体干警参与，分头进入林区的每条山谷，对无线通信系统的通话质量、信号覆盖情况进行了测试。我们随机选取了四十个点进行了测试，根据反馈回来的情况，大部分区域通话质量稳定，音质清晰，根据5分制的评判标准，均达到了4.8分以上。林区信号覆盖率达到了96%以上，远远超出了原设计的目标，全所干警都高兴得不得了，白马河保护区终于告别了无通信设施的历史。

组网成功后，我把测试结果向厂里做了汇报。厂里让我尽快做完人员培训，做好收尾工作后尽早返回，还有新的任务。

接下来两天，我给全体干警进行了集群对讲机使用知识的培训。我先给他们普及了一些无线电通信方面的知识，随后，由浅入深地讲到了现代通信的发展，最后讲到了我们这

白马河之恋

款机子的性能和使用方法。由于这些知识和技能我都烂熟于心，所以我都是脱稿讲课，听课的人员听得都很认真，大部分人员都记了笔记。贾米娜记得更是用心，我看了她的笔记，字写得娟秀，字如其人。培训完了，贾米娜告诉我，听课的干警对我的讲课评价很高，说我不愧为专家，年纪轻轻，知识渊博。她说她打心眼里为我骄傲。

我又给贾米娜、刘晓菲、张建武、王峥四人上了小课。把所有机房设备的使用、保养、维护、简单故障的排除等方面的知识，给他们讲了一遍。

我计划第二天离开白马河，下午去和秦所长道别，他说，按照合同，整个系统运行一个月以后，由他们的上级机关和我们厂开验收会，共同验收后，再按合同付款。我说没问题，按合同执行。

晚上，秦所长和几位负责人，在镇上的四川菜馆请我吃饭，算是为我饯行。秦所长对我的工作态度和工作能力，大加褒赞，说等下次我们厂的领导来了，要当面表扬我，为我请功。

回到宾馆，我开始整理我的东西，一个月来，我已经以这里为家。忽然，手机响了，是贾米娜，她说她在宾馆门口等我。

我们沿着白马河边的河堤往前走。我告诉贾米娜，我回去一个月后，会和我们厂的人一起来参加通信网络的验收，很快我们就会见面的。她听了后，心情好了很多，离别的伤感也减轻了好多。

到了白马河畔的亭子里，她眼泪汪汪地拉着我的手说，你可不要忘了我哦，我已经认定了这辈子和你在一起，生是你的人，死是你的鬼，我愿与你"生同一个衾，死同一个椁"，你可别辜负了我。我听了她的表白，已是泪如雨下，紧紧地抱住她。她啜泣着说，我舍不得让你走，但我又没有办法把你留下来，我害怕你这一走，我再也见不到你。你走了，就像从我的心里剜了一块肉一样，你走后那么长的日子，我都不知道怎么过。一个月来，我都习惯了有你的日子，没有你，天不再蓝了，水不再清了，这一条林荫路我再也不会走了，我的漂亮衣服再也没人看了……她已经哭倒在我的怀里……

我们就这样相拥着，坐了很久很久……

月亮从树缝里透下哀怨的目光，斑驳的月影照在我们身上，我们俩坐在河堤的石凳上相偎相依着，觉得一分一秒都很珍贵，就像生离死别似的。

平静下来后，她问我，你怎么规划咱们以后的日子？

我说，我下次来了想正式拜访你们家，征得你全家同意后，正式向你求婚，这是第一步。第二步，如果你同意，我们就结婚。第三步，婚后我想把你的工作调到西安去，如果公安部门有难度，调到我们厂应该是没问题的，我们厂也有公安处，跟你的工作也对口。

她听了我的话，挂着泪珠的脸上，终于有了一丝笑意，说，看来你是深思熟虑了的。

我点点头，她伸过嘴，在我的唇上亲了一下说，你过日子，

白马河之恋

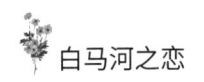

就像你工作一样，一板一眼，滴水不漏，每一步都有可行性，没有纰漏，想不成功都难！

我说，一旦把你调到西安，下来的事情就看你了。

她问什么事情，我说你忘了《泰坦尼克号》里，杰克跟露丝怎么说的？

她故意说，怎么说的？我忘了！

我模仿着杰克的口气，上气不接下气地说："你要活下去，生很多孩子，看着他们长大……"

这次把她逗笑了，她撒着娇，用两只手环着我的脖子，坐在我的腿上，满脸幸福地看着我说，你想要几个孩子？

我想了想说，七个吧，我给他们把名字都起好了，就叫哆哆、唻唻、咪咪、发发、嗦嗦、拉拉、西西。

她笑了，说，你想累死我呀！

我说，等你把七个孩子都生齐了，你带他们搞个小合唱，你教他们弹钢琴，让他们一人弹一个键，你多省劲呀！她笑得合不拢嘴……

我们聊东聊西，对我们的爱情和未来的生活充满了憧憬。不知不觉已经很晚了，我们只能依依不舍地分手。贾米娜说明天早上要送我去车站，我坚决否决了，我坚持要坐出租车去车站，我说我最不愿看到的就是站台送别，那种伤感的气氛我受不了。我泪点低，我也不想看到贾米娜为离别而流泪。就说，咱们今晚就此告别吧，一个月后相见，有手机随时随地可以联系，就跟在眼前一样。贾米娜答应了我的请求，我把她送到她家门口,看着她进去我才离开。

第二天清晨,我早早起床,宾馆门口是一个出租车停放点,打车很方便,我下楼坐出租车去了火车站。车站旅客不多,这是一个只有几分钟停靠时间的小站,所以旅客都是提前进站,在站台上等车。

一上站台,我正低头收拾行李,一抬头,你猜我看见谁了:是贾米娜,她正笑吟吟地站在我面前。笑容里有一种小女孩恶作剧成功后的骄傲。我问她没票怎么进的站,她指一指警服上的袖标说,你忘了我是警察?!她手里提着一个食品袋,说是给我买的车上吃的食物,另一个手里提着一个保温杯,说是给我买的珍珠奶茶。我顿时眼泪不由自主地流了下来。车来了,我赶紧上了车。上车后,我从车窗里向她招了招手,她也向我挥了挥手,强挤出一丝笑容。

一声汽笛响起,列车慢慢开动了,她挥了一下手,转过身去,用双手捂住了眼睛,列车渐开渐远了,我心涌悲伤,泪迷双眼,只看见一个背影,茕茕孑立在远处的站台上……

白马河之恋

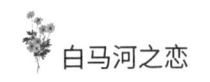

十三

在列车上，一上午都没有贾米娜的电话和消息，我知道她和我一样心情特别不好。列车上手机信号也不好，人声嘈杂，说话不方便，我也没打电话给她。到了下午四点多，贾米娜的短信来了，她说我走后，她从火车站出来，没有坐任何车，竟然走了十公里路回的家，她不想让任何人看到她伤心欲绝的样子。她说她现在心情已经平静了好多，接受了热恋中的情侣不得不暂时分开的现实。我问她现在在干什么，她说，中午回家后，母亲让她吃饭她也没胃口吃，倒头睡了一觉，才醒来，感觉饿了，正在吃饭呢。

接下来的一个月，我们天天掐指算着时间，每减少一天，我们见面的日子就会接近一天。怕影响彼此的工作，我们平时尽可能用短信聊天，如果把那些日子里相互问候的短信打印出来，恐怕会把打印机打坏的，太多了。

如果你要问我们都聊什么呢，其实都是些家长里短的事，就是在这些家长里短中，传递着深深的情意和对彼此的爱恋。记得鲁迅说过："爱情如果是鲜花，那么生活就是它的土壤；土壤肥沃，鲜花才能艳丽；生活丰富多彩，爱情才能永远。"贾米娜生日那天，我给她买了一个彩金钻戒，颜色非常好看。我说，我通过邮件寄给你吧，她说，我算了一下，再有十天咱们就见面了，我想让你亲手给我戴上！

小说选

　　1998年6月30日，我和我们设计所的田所长、销售处的项处长一行，从西安坐火车前往白马河国家级自然保护区。坐了十几个小时火车，再加上中途转车，我们于第二天上午十点左右到达白马河。这中间一路上，我和贾米娜一直在短信中交流着行程。上午八点多，她告诉我，秦所长让她给我们三人已经在宾馆安排好了食宿，让我们来了先休息。

　　上午九点，贾米娜发来短信：有突发情况，我们全体人员正在集合，准备出发执行紧急任务，很抱歉，等不了你了，只能下午见。我们去的是林区，手机信号不好，如果不能及时回复，请谅解！

　　我们入住白马河宾馆。中午吃过饭，田所长和项处长都休息了。我一直守着手机，在等贾米娜她们执行任务回来的消息。我给她买的彩金钻戒就装在我的口袋里，我要一见面就给她戴上。

　　一点钟没有消息。

　　两点钟没有消息。

　　三点钟没有消息。

　　四点钟没消息。

　　……

　　我心神不宁！一直等到五点钟，我实在等不及了！我想，指挥中心有电台，无线信号是通的，应当有反馈回来的消息。但是，公安工作有它的特殊性，有工作纪律，但我已经顾不了那么多了，我几乎是冲进指挥中心的。

白马河之恋

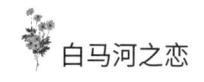

在指挥中心，我见到了同样是来参加验收会的梁厅长、白处长、杨科长和其他领导。他们和我打了招呼，神情显得很凝重。白处长说，今天是一场扫毒收网行动，上级指令下达得比较突然，行动开展得很不顺利。刚才电台传回消息，在追击一个犯罪团伙的成员时，有一辆警车坠崖出事了，有三位民警牺牲了，其中就有贾米娜……

我一下子瘫坐在椅子上，天旋地转，虽然是大夏天，我却全身冷得打哆嗦，感觉天塌地陷、世界要灭亡了一样。我感觉身体的所有器官逐渐被掏空，灵魂正坠入一个黑暗无底的深渊中，无休止地坠落、坠落、坠落……始终坠不到底。我的胸腔被一个巨大的石块压住了，使我无法呼吸、无法言语，滚滚的泪水，像倾盆大雨一样流了下来……

泪水迷蒙间，我忆起了两个月前和贾米娜初次相见时，她美丽端庄的模样；忆起了九寨沟月色中，贾米娜那温柔的眼神和多情的话语；忆起了我离开白马河的前夜，我们那些伤感的话语和生离死别般的拥抱；忆起了在白马河车站的站台上离别时，贾米娜那茕茕孑立的背影……

贾米娜，犹如大山里一朵娇艳的红杜鹃，静静地凋谢在这血色残阳里。回来吧，我亲爱的小娜，我要带你去美丽的福建，那里有湛蓝的大海、美丽的海滩、童话般的岛屿；我要带你去看咱们家乡的白马河，我答应你，去过一种放马、劈柴、种菜，"面朝大海、春暖花开"的日子。

我痛定思痛，痛何如哉。突然觉得每天这忙忙碌碌的一切都失去了意义。我的余生，没有了贾米娜的余生，生活将会多么无趣、人生将是多么黯淡无光，从此以后的岁月，我需要多少勇气和力量，才能继续走下去。

再见了，贾米娜；若有来世，我定不负相思……

为了弄清楚贾米娜牺牲时最后时刻的情况，我找到了贾米娜牺牲时的见证人，她的领导秦所长。秦所长给我还原了贾米娜牺牲时那悲壮的一刻。他说：这个案子的情况，我上次大概跟你讲过，我们这一次展开的这个收网行动，就是抓捕以"阎老坎"为头子的黑社会组织成员，这个黑社会组织，在白马河保护区里非法种植罂粟一共有五个窝点，总共有二十多人，以所谓"徐老板、李老板、孙老板"三个人为小头目。6月30日上午，这伙人齐聚白马河保护区，准备收获今年的罂粟。我们得到情报后，向上级做了汇报，上级要求我们立即展开收网行动。犯罪分子有五个窝点，对五个窝点必须同时采取行动，否则会打草惊蛇，我们的干警也分成五个行动小组，派出所只有三十多个人，所以全体人员都参加了行动。

这次行动，由于通信畅通，围追堵截各方面协调配合得很好，整个行动的前期比较顺利，五个行动小组共抓获犯罪分子14名。贾米娜的那个组在观音山，她们那个组已经完成了抓捕任务，正准备返回时，另一个组漏网的6名犯罪分子，骑着三辆改装摩托车向观音山方向逃窜，改装摩托车速度可达每小时两百公里以上。贾米娜所坐那辆警车由刘警官驾驶，

白马河之恋

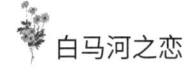

郑警官在副驾驶上,贾米娜坐在后排座位上,那辆车和这些犯罪分子遭遇,便紧紧地跟在了摩托车后面。随后,我的车也赶了过去,跟在他们的车后,我们死死地咬住对方,持续追了二十多分钟,双方车速都比较高,中间差距不到一百米,在松树坪大长坡拐弯处,犯罪分子突然向我们的车前撒了一种叫"铁蒺藜"的东西,这种东西是一种铁做的阻车暗器,有三个空心的尖刺,轮胎一旦碰上,会瞬间爆炸。刘警官所开的警车,车速较高,躲闪不及,两个前轮胎中招爆炸,立刻失去了方向,从前面的悬崖处摔了下去,三位同志壮烈牺牲……

十四

　　三天后，我参加了三位烈士的追悼会。我征得贾米娜家人的同意，把我给她买的生日礼物，那个彩金钻戒放进了她的骨灰盒里。
　　她爷爷和奶奶是一对饱经沧桑、慈祥善良的老人，父母就是我们印象中那种和蔼可亲的小学老师。奶奶拉着我的手说，尕娜在我这次来白马河的前几天，把她和我的事情，已经告诉了全家，她父母都是文化人，同意了女儿的选择。本打算这次我来后，邀请我去她们家认门的，谁承想出了这么大的事，在万事顺意时，祸从天降，把所有的人从火热的夏季打入冰窖。她们一家人看我的眼神和我看她们的眼神，都是满满的怜悯，我潸然泪下。
　　贾米娜牺牲后，我一直在关注着白马河流域的扫毒进程。我与秦所长已经从工作关系，变成了类似于亲戚关系的好朋友。他告诉我，他们追捕的那六名犯罪分子，在他们手里逃脱后，他通过对讲机通知了五十公里外的木材检查站，六名犯罪分子全部被抓获，其中三人，正是团伙头目"徐老板、李老板、孙老板"。这些犯罪分子已经受到了法律的严厉制裁，有的被判处死刑，有的被判处有期徒刑。听到此消息，我心里安慰了许多，我们可以告慰英灵：你们的血没有白流，

白马河之恋

是你们的牺牲挽救了多少个吸毒者,换来了多少家庭的安宁。心里安慰之余,我又一次流下了伤心的泪水。

也许每个人都是寂寞的,只能孤独地生活在自己的世界里,茫然地看着青春之树慢慢地凋零。偶尔,有一个你心仪的人,蓦然闯入你的生活,你会千辛万苦地去追逐,追不到,你终是寂寞的。她远到你所不及,只能含着眼泪怀念她的美好……

贾米娜出现在我的生命里,可是最后还是如雾般突然消散了,她的笑容,就成为我心中深深埋藏的一条湍急的河流,无法泅渡,那河流的声音,就成为我每日每夜绝望的歌唱。

当年她的一句话,时时在我耳边回响:"假如有一天我们不在一起了,也要像在一起一样,爱着对方……"这句话常常在寂静的夜里,反复在我耳边响起,令我无限惆怅,彻夜难眠……

失去贾米娜快二十年了,我除了工作以外,对感情生活已不再奢望。我生命里的温暖就那么多,我全部都给了你,但是你离开了我,你叫我以后怎么爱别人!

最近我感觉我的病加重了,我换上了当年贾米娜给我买的"耐克牌"运动服,这件衣服是情侣款,她也有一件,这件衣服就是和她最后离别的那几天所穿的。近二十年来,这件衣服我从来没有洗过,因为上面曾经留有她的眼泪、抚摸、热吻与拥抱。我穿着它,仿佛贾米娜仍然依偎在我身边。我认为人生不过如此，生命中我能品尝到的爱情之果我也品尝过了，谁也代替不了贾米娜在我心里的位置，我会呵护着这一朵盛开在我心头的玫瑰花，直到我生命的尽头……

原载于《西北文学》2019 年第 6 期（总第 75 期）

丑　牛

泾北村位于陕甘交界，风硬、水硬、石头硬，人也长得生硬。男孩、女孩一年四季喜欢肆意地在田野里撒欢，个个被风吹得红里透黑，黑里泛红，每个人的小脸上，都带着两坨红晕，就是城里人讥笑的"高原红"。

村人无文化，孩子起名皆顺嘴而来。进了村，碰见男孩，唤来一问，名字大多不离这几个字：狗、牛、蛋。

狗狗和牛牛，在乡间均指男孩的小鸡鸡。村人稀罕男孩，这恐怕与流传几千年的生殖崇拜有关。谁家生了男孩，如同中了大奖，恨不得将孩子的小鸡鸡捧到你面前让你瞧瞧。

本村男孩的名字，基本上都起成了这样：狗牛、黑牛、

白马河之恋

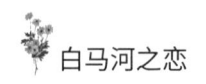

白牛、圆牛、方牛、扁牛、丑牛、大牛、二牛、三牛、碎牛、狗娃、牛娃……

村子中央，有一涝池，每到夏季便蓄满了水。涝池周边有几棵大柳树，遮挡得水边凉爽无比，大姑娘、小媳妇们端着洗衣盆，来到涝池边，一边洗衣服，一边和池边乘凉的男人们有一搭没一搭地说着荤一句素一句的玩笑话。不远处，知了扯着嗓子叫着，把夏日的时光拉得很长很长……

男孩子们到了这个季节，也看上了这个好地方，一帮光腚的小子，像泥鳅一样，一个跳下池塘，接着"扑通、扑通、扑通"，能跳下去十几个，在水中你追我赶，追逐嬉闹，把个涝池周边闹腾得如同扁担捅进了鸡窝。在这群男孩子的江湖里，胆大是标杆型指标，在凫水、捉虫、打狗、爬树这些冒险型的游戏中，谁往后退，就叫没"彩"，会被鄙视，或被逐出群体。有些大点的坏小子，常在水中悄悄地拖走洗衣姑娘的衣服，惹得一阵笑骂后才还回来。

男孩们都是各家的宝，父亲溺爱，母亲更是娇惯，平时亲昵得不叫大名，只叫一个字"牛"。到了中午，做好饭的妇女，来到涝池边，拉长声喊一句"牛啊——回家吃饭咧——"，水面上瞬间会冒出十几个脑袋来答应，因为他们在家里都叫"牛"。

单说村人丑牛，和我年龄相仿，是我小时候的玩伴。丑牛是抱养的，村人皆知，他家也不避讳。据母亲讲，有一年，镇上来了一群外地女人，专卖从城市收来的旧衣服，我家乡镇上三天一逢集，女人来去不便，索性便在我们村租房住了下来。这些女人住下来后，分为两拨，一拨去城里专门收旧衣服，据说收衣服很少用现金，大部分用塑料衣架、塑料脸盆、塑料板凳等换取城里人不要的旧衣服，另一拨专门住下来卖旧衣服。由于城里人淘汰的旧衣服，在乡村人眼里依然是时髦货，所以，她们的生意很好。一来二去，这几个女人便长住在了我们村。其中一女，来时便身怀六甲，据同伴讲，家里已有三子，想要一女，生得太多怕乡人嗤笑，便决定这次在我们村生孩子。等孩子生出来一看，又是一带把儿的，甚是失望，有送人之意。刚巧有本村人狗剩，有三女，无一嗣子，正在熬煎间，得到此消息，如久旱遇到甘霖、瞌睡遇上枕头，便由中间人说和，给了这个女人几十元辛苦费，便将这一男丁收养。

狗剩小时候不叫此名，有一日，狗剩逗邻家狗玩，被狗咬住了胳膊，幸好狗主人路过，打跑了狗，从此，狗剩胳膊上便留下了永久的伤疤，狗剩记忆深刻，一辈子见了狗都有所恐惧。他父亲索性就给他取名"狗剩"，其意不言自明。但自从起了狗剩这个名字后，狗剩没病没灾，身体一日比一日强壮。他父亲说："丑名好养，老辈人都这么说。"

父亲的话，狗剩从小就听，谙熟于心，在给养子取名时，随手拈来，就叫"丑牛"。

我五六岁时，常跟丑牛一起玩耍，便问丑牛，你长没长"牛"？丑牛本是光腚，毫不迟疑，叉开双腿而立，弓起腰

白马河之恋

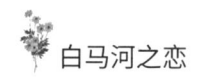

身让我看，说："你看这是个啥？"

丑牛是家中一宝，父母疼爱有加。母亲便拿出结婚时陪嫁的银圆，给他打了一副银项圈，丑牛终日戴在脖颈上。

夏日，村里种了西瓜，丑牛父亲狗剩被村里派去看瓜。看瓜庵子搭在了西瓜地头，离地有两米多高，橡做骨架，搭成一三角架形，上面用芦席包裹，远看如河中行进的帆船。

狗剩喜欢丑牛，日日带丑牛在身边，看瓜也不例外。瓜地离村不远，狗剩乐意我和丑牛玩耍，因此常唤我去瓜棚里吃西瓜。

夏日里的丑牛，只穿一件衣服，就是他母亲用丝线绣的红裹肚，红裹肚绣有蛇、蝎、蜈蚣、壁虎、蟾蜍五毒，据说，五毒可以驱邪避灾，避免毒虫叮咬。丑牛喜赤脚、光腚，常常扛一根长棍在肩上，满瓜地跑，有时还学着狗剩的样子，对着瓜地大声喊："哎——是谁在偷瓜，看见了噢，快出来，小心我棍子上来了噢！"

奶声奶气的呼喊、狐假虎威的做派，常常把埋伏在周围玉米地里准备偷瓜的村人逗得喷出笑声来。

瓜地离村子较近，常有村里放养的家猪，也来瓜地偷食，丑牛耳尖，稍有猪的动静，他便"嗖"地抛出一根木棒，打得猪"嗷"的一声，狼狈逃窜。

临近中秋，凉风习习，一轮明月挂在天上，下面种着一望无际的碧绿的西瓜，月光像乳白色的流水一样，静静地泻在瓜地里，如同白昼一般。常能见到月光下，狗剩佝偻着身子在前面走，丑牛扛着木棍跟在后面，父子俩在瓜地里巡视。丑牛的银项圈在月光下明晃晃一闪一闪，远远可见。

丑牛上小学时，和我同班，村道里野惯了，玩性不改，不爱学习，上课不认真听讲，瞌睡多，常常被老师的粉笔头砸醒。下课不会写作业，便东抄西抄，应付度日，所以他日日盼望着放假。

暑假终于到了，丑牛脱掉上学时母亲特意定做的学生服，又恢复以往清凉的打扮，上身依旧穿的是红裹肚，短裤是要穿的，毕竟是小学生了，知道了羞丑。

话说，家乡彬州为陕西的水果之乡，民间有"斗大的西瓜碗大的梨"之说，"彬州梨没渣"之传闻已有上千年之久远，外地人以为，只要彬州产的梨就是彬州梨，其实不然，只有本地人才知道，唯有一种叫"老遗生"的品种，才是正宗的"彬州梨"，才是"彬州梨"的颜值担当。

泾北村是泾北镇所在地，泾北镇周围是彬州的粮仓，镇中央有一粮站，建于20世纪70年代，院里除了建有几十个蒙古包似的大仓库外，便广植梨树，而且是吃起来真正没渣的"老遗生"彬州梨。

夏日里，丑牛无事，常在村里转悠睃望，张家树上有桃，王家树上有杏，李家树上有苹果，赵家树上有梨，丑牛心里都有数。

由于丑牛胆子大，会爬树，无形中就成了我们这群孩子的头。一日，丑牛来找黑牛，告诉了他最近侦察到的情报：

白马河之恋

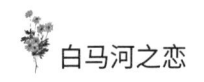

粮站院子里的彬州梨熟了。梨树是长在粮站院子里的，但树长得又高又大，树枝已伸出围墙外，上面挂着绿中透黄的彬州梨，逗引得丑牛直流口水。

翌日，丑牛和黑牛来到粮站院外，丑牛站在黑牛肩上，爬上了粮站的院墙。还好粮站人没有发现，丑牛将摘来的梨装满一裹肚，便跳下了墙，和黑牛把梨瓜分后，回了家。

丑牛娘和狗剩吃着孩子带回家的彬州梨，知道是从粮站偷来的，因为镇上的梨树被砍完了，只有粮站院子里的梨树还幸存着。狗剩吃着梨，多问了丑牛几句，也没在意。

却说镇粮站，有一老职工姓常，年轻时，因不育症，妻子离他而去，无儿无女，到了退休年龄，也不愿回家乡，被粮站留了下来，每日看看大门，打扫打扫院落，算是干着保安的活。

那日，丑牛从外面爬上粮站的墙头，摘梨偷吃，老常早已瞄见，他看孩子小，怕一呵斥吓着孩子，如果掉下来摔着了真不得了，便默不作声，让他摘满了裹肚离去。

隔日，丑牛又招来了黑牛、牛蛋，一起来粮站院墙上偷梨。依旧是丑牛上墙摘梨，黑牛、牛蛋在墙外接应，老常看见了丑牛偷梨，心里的气便不打一处来：咋，你这怂娃，不把我老常往眼里放呀！

丑牛在墙头上，看四下无人，便开始摘梨。老常沿着院墙根，悄悄地来到了丑牛脚下，用事先准备好的带钩棍子往丑牛脚上一钩，丑牛便往下掉。老常一把接住，丑牛被吓得魂飞胆丧，跌落在老常怀中。老常将丑牛按住，厉声说道："碎崽娃子，你还偷上瘾了，唉！"

院墙外的黑牛、牛蛋，听见响动，知道丑牛跌入粮站院子，被逮住了，眼看闯下大祸了，吓得撒丫子就跑了，边跑边商量，决定回家藏起来，不敢告诉丑牛的家人。

丑牛被粮站老常关了一早晨，晌午吃饭时，丑牛的娘和狗剩慌了神，满村满街找不到丑牛，问遍了丑牛的玩伴，都说不知道。丑牛的娘和狗剩一度猜测，是那个外地的女人来了，将丑牛偷偷地领回去了。便央了村人，去镇四周的各个路口堵截。

到了下午，老常让粮站门口卖麻花的赵二传话过来，说丑牛到粮站偷梨被抓住了。丑牛娘平日在街上贩卖水果，也认识老常，便从赵二摊上买了十根麻花，用纸绳子拎着，去找老常。

丑牛娘找到老常，先数落儿子半天，然后赔着笑脸，千道歉万道歉，说丑牛小不懂事，保证以后不再偷梨，才将丑牛从老常手里赎了出来，领回了家……

偷不成梨，摸不成瓜，这些阻挡不了丑牛过快乐日子。丑牛的乐子多了去了：涝池边摔泥炮、涝池里抓青蛙、梧桐树上掏鸟蛋、玉米地里找甜秆、高粱地里寻黑莓、麦田里寻找小蒜花、苜蓿地里逮蚂蚱，每一个乐子丑牛都忘我地投入，把寡淡的日子过得有滋有味。

小学五年级那年，"六一"儿童节到了，学校要举办全

白马河之恋

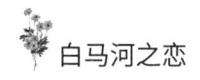

校小学生美术手工比赛，参加的学生每人交一份作品——一幅毛笔字、一幅画、一件手工艺品都可。我制作的是一幅麦秸工艺字。先用毛笔写出"好好学习，天天向上"，等字干了后，将糨糊抹在字的笔画上，然后把夏天收集的麦秸秆用水泡软，一劈两开，剪成合适的形状，一条条贴在笔画上，等干后，就成了麦秸工艺字。丑牛制作了一件美术工艺品，叫"碗大的彬州梨"。丑牛将泥巴捏成了一个一斤多重的梨的形状，晾干后，用水彩涂染成梨的颜色，"梨"绿中泛黄，还有把儿，惟妙惟肖，不细看，以为是真梨。

比赛结果出来了，丑牛的"碗大的彬州梨"获得了工艺品一等奖。丑牛觉得特别有面子，比赛结束后，将作品带回家，丑牛娘和狗剩喜不自胜，日日捧着"梨"到处给人看。

班上有一女同学宁静，能歌善舞，是班里的文体委员，是同学们公认的小美女。一日，宁静放学收拾桌斗时，发现里面多了个纸包，打开一看，是丑牛比赛时的作品"梨"。

十几岁的小姑娘，已对男女之事略知一二，便红了脸，将纸包拿去还给了丑牛。这一细节被黑牛、牛蛋看见了，黑牛便大声地起哄、怪叫，整个教室的同学把丑牛笑得无地自容。牛蛋带头喊："丑牛给媳妇送梨了——丑牛给媳妇送梨了——"宁静让丑牛在班上出了丑，丑牛接过"梨"，跑出教室，在院子里把"梨"摔得粉碎，然后跑回了家，从此便记恨上了宁静。一日清晨，宁静上学进了教室，往课桌斗里放书包时，又发现抽斗里有一个纸包，想打开看时，纸包里突然蹦出一只青蛙来，吓得宁静花容失色，大叫一声，跑出教室，告诉了班主任何老师。何老师稍加调查，便查出了元凶是丑牛，丑牛被何老师狠狠地批评了一顿，老师让他给宁静道了歉，写了检讨书，又罚丑牛一个人给班上打扫了三天卫生。

此后，丑牛和宁静便结了死仇，见面不说话，路上碰见了绕道走。宁静领大家唱歌时，丑牛故意撮着嘴，何老师瞧见了，说："丑牛你嘴上生疮了？"

又一年的暑假到了，丑牛小学毕业了。丑牛的舅舅从河南来看望丑牛的娘，狗剩一家人高兴得不亦乐乎。丑牛的舅舅在河南当地是一个有名的木匠，据说手艺数一数二，丑牛知道后，便一心想跟舅舅去学木匠，他说自己小学毕业了，坚决不想再上中学了。狗剩两口子拗不过丑牛，舅舅走时便将丑牛带去了河南。

丑牛走后数年，我也考上了大学离开了泾北村。

去年，镇上要建开发区，征用了我们村的土地，要求村里原先的公墓全部都要迁移走。迁移祖坟，这在农村是数一数二的头等大事，村里通知在外工作的人都要回来。全村许多在外工作的人，多年没回老家，因迁墓这一缘由，都回到了出生地泾北村，我也回到了老家

彬州自古为王畿之地，礼仪法度严谨，乡规民约承传，迁墓有一套繁缛的典礼仪式，不亚于老人去世时的一场葬礼。

白日里打墓穴、买棺材、请风水先生、请吹鼓手、请厨

白马河之恋

师、杀猪宰羊、请亲戚六人、摆流水酒席等，一样不少。夜间需要将墓穴打开，将亡人尸骨重新收殓，天亮前必须下葬到新的墓穴。

白天的仪式还好说，夜间的活动就有点令人恐惧。公墓都在荒郊野外，人们在黑灯瞎火中围着墓穴忙碌着。高处丛生的灌木，落下参差的斑驳的黑影，峭楞楞如鬼一般。虽然我是个无神论者，但一切活动都在黑暗中进行，周围影影绰绰的，心里难免瘆得慌。时已接近冬月，寒风料峭，所有参与帮忙的亲朋好友和乡邻都穿上了棉衣，用红布包裹着头颅，只留下两只眼睛，如果不说话，谁也看不清谁，谁也认不出谁，夜深人静时，真不知道站在你旁边的那个是人还是鬼。我有时真佩服那些传说中的艺高胆大的盗墓贼，那活不是谁都能干的。所有的人均盯着墓穴看，脖项都伸得很长，仿佛许多鹅，被无形的手捏住了，向上提着。还好，有现代化挖掘设备的参与，节省了大量的人力物力，在鸡鸣天亮之前，让列祖列宗入土为安，所有的人都常吁一口气。

东方的太阳升起来了，人们从黑暗中走出来，拂去一夜的风尘，洗把脸，再看看晨曦中一张张鲜活的脸，仿佛重生一般。

在答谢乡邻的仪式上，侄子小刚带过来一个五十多岁的中年人，说让我看看是谁，我看了半天，觉得有点面生。但见来人高大儒雅，留着本地男人不常见的长发；西装革履，目光炯炯有神，流露着一种艺术家的气息。看我仍在疑惑中，来人便自我介绍:"小民,你认不出我了,我是丑牛呀!"

我惊诧得半天说不出话来,宛然做梦一般。

三十多年来,我常常念叨童年的玩伴丑牛,想了有上千种我们相遇的镜头,但万万没想到今天在这里相见了。

我们俩的手紧紧地握在一起。丑牛,我童年的朋友,你回来了啊!你终于回来了啊!你知道我是多么想念你吗!我心里叫喊着、叫喊着……我和丑牛一度激动得流泪。

我的记忆一下子拉回到了三十多年前。

仿佛看到了月光下,看瓜少年的影子:瓜地、月光、少年、长棍、裹肚、银项圈、偷梨、手工、青蛙、宁静……这些与丑牛有关的词,一下子涌入了我的脑海。

丑牛介绍了他身边站着的一位仪态优雅的夫人,说:"这是我的夫人,宁静。"

啊!宁静。定睛一看,这不就是当年我们小学同班的同学宁静吗?

宁静笑着说:"你好吗,小民?是我,宁静。"我也紧紧地握住了她伸出的双手……

这一天,我们三个老同学,找个地方坐了下来,有说不完的话,互相有问不完的问题,回忆起了好多往事……

原来,丑牛当年去河南后,起初就是跟着舅舅学木工,走乡串街给人家打家具,做门窗,盖房子,凡是木工能干的活他们都干,当年的木工和漆工是不分家的,木工做好了家具,刷完油漆,画完画才算完活。他舅舅在当地最有

白马河之恋

名的还是漆画和木雕的手艺，尤其是棺头和棺尾的木雕画，更是一绝。

河南当地农村，人死后基本上都是土葬，土葬需要棺材，按当地风俗，棺材的棺头和棺尾都要用柏木雕成木雕画才算上好的棺材，一副上好的棺材是主家的脸面，也是亡者在人间最后的奢求，上面雕有福禄寿、花鸟兽、人物、故事等。雕刻之前，先要用笔将一幅完整的画画出来，画好，定稿，主家满意后才能雕刻。

要干好此活，学绘画是很必需的。

丑牛爱好画画，刻苦学习几年后，不但画工一流，雕刻技艺也是出类拔萃。几年后，和舅舅一样，也成了当地有名的画匠和木匠。

20世纪80年代，丑牛的绘画技艺已日臻成熟，为了弥补自己文化水平的不足，他买来中学课本，坚持自学，后来竟然考上了省美术学院。本科四年后，分配到省出版社做美术编辑，一边工作，一边创作。如今，已是本省有名的画家，笔名丑石。

宁静高中毕业后，考上了音乐学院，丑牛在美院期间，辗转打听，联系上了她。毕业后，你来我往，丑牛向宁静表白：小时候，我送你的梨你不收，那就是你不愿意和我分"离"的意思，梨打碎了，那就预示着我们将永不分"离"了，这是上天的旨意，嫁给我吧！就这样，一对少年的冤家，竟然成了一对恩爱伉俪，是老天的眷顾，还是命运的捉弄，总之

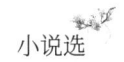

所谓有缘千里来相会，让人唏嘘不已，缘分啊！

  狗剩十年前已作古，丑牛娘跟丑牛去城里享清福去了。丑牛这次回来，是给狗剩迁墓的。

原载于《西北文学》2020 年第 5 期（总第 80 期）

一根稻草

1

我是一个掉到人堆里就拣不出来的普通人，极其普通，用卑微来形容也不为过。我不跟你说假话，也没有必要掩遮和隐瞒，一开始我就可以告诉你，我是一个小偷。我不是那种因无耻而无敌的人，我利令智昏，做了不该做的，我为此付出了代价——三年的有期徒刑，我谁都不怨，我罪有应得。但后来媒体说我是一根稻草——压倒骆驼的最后一根稻草。这个名字我喜欢，比小偷好听多了。

我出事了，这是对我而言。

白马河之恋

那一年的国庆节才过，有一条新闻引起了北环市老百姓的关注，是北环电视台《新闻现场》栏目报道的，那个我喜欢的女主播夏荷在视频中说：十月二日晚，我市发生一起入室盗窃案。一名窃贼在北环市某办公大楼作案时，被当场抓获。窃贼交代，近几个月来，他已多次在此办公大楼的同一间办公室作案，盗得大量现金，还有金条首饰、名烟名酒、购物卡等贵重物品。案件还在进一步侦破中，我们会持续关注。

新闻中所说的那个窃贼就是我，遗憾的是，夏荷不知道我的名字，我失去了一次她叫我名字的机会。新闻就是新闻，不该说的、不便说的、不想说的统统都可以不说，听记者说，这叫作"分寸"。没关系，这个新闻里没有说全的信息，我补充给你吧，因为我就是新闻当事人。

我叫梁小禾，北环市盘山县人，出事前我是有职业的，我是北环市电影公司的一名勤杂工。新闻中所说的某办公大楼，指的是市公安局办公大楼。电影公司和公安局都在北环市滨河路上，是一墙之隔的邻居，所以公安局大院里的情况，我比较熟悉：谁是干什么的？谁是领导？谁在哪儿办公？谁的作息规律怎样？我都清楚；就连谁去公安局办事，找的什么人，带没带东西，我都一清二楚——比公安局内部的人都清楚。为什么呢？我说说我住在什么地方你就懂了。电影公司院子很大，临街是滨河路电影院，我的宿舍在电影院后面、电影公司办公楼的六层，这个楼当初只盖了五层，六层是加盖的，冬天冷夏天热，这一层就成了我们这些临时工的宿舍。我住在最西边的一间，我的窗户下就是公安局和电影公司之间的围墙，我站在宿舍窗前，可以俯瞰到整个公安局大院，视野开阔，一览无余。如果有望远镜，我甚至可以看见办公室里的一举一动。很多个清晨，我还在睡梦中就被公安局院子里"唰啦——唰啦——唰啦——"的扫树叶子的声音吵醒，我趴在窗户上向下看，是那个五十多岁的老头在扫院子，他穿一身旧军装，扫得一丝不苟，似乎很享受这份工作。我有个女老乡李小琳在公安局大楼搞保洁，有次见面瞎聊时，说起这个讨厌的老头，我说吵得我差点给他吐口水。李小琳一听如踩了电门：可不敢！他是我们局长！我说，局长扫院子？！我没听错吧？！

我来北环市已经好几年了，进电影公司干勤杂工是我报名应聘的。我高中毕业，文字能力很强，尤其字写得漂亮。那天面试我的是电影公司的欧阳经理，他看了我填写的简历表，一眼就看上了我。我应聘的是勤杂工，主要工作是给公司的电影院做卫生保洁，但我进来后，这些活我一天都没干过。我平常主要在欧阳经理的身边打杂：取取报纸，收发文件，写写文章。不是吹牛，我连电影公司经理的活都干过：每年年初，我替欧阳经理写一年的工作计划；年尾又替他写年终工作总结。据说，市文化局的杨局长都表扬过电影公司的材料写得好。当然表扬的是欧阳经理，跟我毯不相干，但欧阳经理感激我，看重我，我在电影公司能干到轻松的活，不用像周三娃、孙拉让、杨七斤他们几个一样，每天泡在黑

白马河之恋

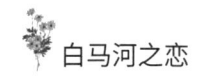

魆魆的电影院里头，一遍一遍地打扫卫生、冲洗厕所。我可以撰写各类上报文稿，从学雷锋、文明礼貌月、计划生育宣传、文明城市创建、创佳评差总结等，从年初到年尾，一路写过去；也常写写海报、贴贴海报、去放映间打打下手；有时甚至上手替放映员侍弄侍弄机器——放映员陆拴牢前列腺有问题，不停地要上厕所。

我的工资不高，我对钱很渴望，不是为了我自己。

我父亲幼年时得过小儿麻痹症，腿落下了残疾，一辈子拉着两条病腿过日子，勉强能干些农活；母亲有心脏病，常年弱不禁风，咳嗽一声都要喘半天气，每天小心翼翼地维持生活。我父亲在农田里折腾一年，收成仅仅是一年的口粮，手里一点余钱都没有。我高中毕业后，当上了村里的民办教师，但那微薄的工资，连给母亲看病都不够。

我有个女朋友叫宋雅云，是我们邻村的，她是我的中学同学。我们好了很多年了，是偷偷摸摸的那种。我当了民办教师后，就想早一点结婚，让她来帮我照顾父母。我把我谈了对象的事告诉了父母，他们高兴坏了，托村里的媒婆王姨去宋雅云家提亲，雅云的父亲宋守成说，只要女儿看上，他没意见，但前提是要十六万的彩礼。宋守成说，不是他贪财，雅云的弟弟比她小一岁，也说了一门亲事，那家开口就要十六万的彩礼，他正为这笔钱熬煎着呢，资金的缺口就押在了雅云的身上。媒人说，宋守成也是被逼的，口风硬得很，一毛钱都不能少。所以我和宋雅云的恋爱，只能继续在私下进行，并没有得到她家的认可。

那年放寒假时，村小学通知我下学期不用来了，校长明着告诉我，是上面决定的，我被人顶替了。

放假不久后就过春节了。那年的春节，我不知道是怎么过的，漫天飞舞的大雪中，我天天在村外的田野里转悠，田野里是一望无际的麦地，被厚厚的雪覆盖着，我凌乱的心似乎只有在这白皑皑的雪原里才能找到片刻的宁静。

在村道上，我碰见了回家过节的老同学马骁。马骁跟我同岁，一起上小学，一起上中学，他没考上高中，复读后考上了中专，学的是财会专业。两年后毕业，找路子分到了北环市商业局，在财务科干了几年出纳，被提拔为财务科副科长。商业局下属有十几个商业企业，这些企业都归商业局管。商业局下属的前进百货大楼的总经理，没有跟商业局打招呼，私自带领导班子成员去欧洲十日游，被商业局知道了。商业局一纸红头文件，免去了总经理的职务，商业局临时派马骁接任了总经理。前进百货大楼是市属骨干商业企业，一年的销售额过亿，那时马骁才二十几岁，一下子接管了上千人的大企业，突然飞黄腾达了，浮躁得放不下，有些张狂，见了熟人翘着下巴说话。见了老同学也是，遇到我，我说让他在北环市给我找个活干，他说来我们大楼吧！我问具体干什么工作，他一脸鄙夷地说：只有打扫卫生，你干不？我一听，这哪里是帮我？这厮分明是羞辱我！我拂袖而去。

过完年，我就来北环发展，我发誓一定要干出一番事业，

白马河之恋

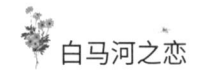

给马骁看看，他太欺负人了！我记得俄国著名作家克雷洛夫在一则寓言里这样说道：有时候鹰会飞得比鸡还低，但鸡永远也飞不到鹰那么高。我在心里给自己打气说：我是鹰，一定是鹰、鹰、鹰。

我投了好多简历，工作不好找，退而求其次，先在电影公司落了脚。我常常彻夜难眠：事业不顺，家庭贫困，婚姻受阻，这一切皆源于囊中羞涩。金钱成了我人生路上的拦路虎，它把我的幸福挡在了大门的外面。

我爱上网，有几个QQ群。那些年，正流行网上偷菜，网上种菜。我半夜起来撒泡尿，也赶快扑到电脑上，去别人的地里偷些菜，偷着了，后半夜能从梦中笑醒！我在群里发帖子：怎样才能快速赚到钱？群里的回答五花八门：网名为"抽烟伤肺不伤心"的说：印钞票最快！"骑猪追太阳"说：抢银行吧！"飘逸的胸毛"说：抢金店去！"站在你坟头唱情歌"说：勾引富婆！一帮嘴子客，没一个正经的！

天无绝人之路。我每天从宿舍窗户向外观望时，常常能看到来公安局办事的人，手里提着各种各样的礼品，离开时手都空空如也。发现了这一现象，我就问老乡李小琳，这些人都是找谁的？她说：大部分是找石局长的，就是你看到的那个扫院子的老头。并且神秘地说，有一次办公室主任让她给局长打扫办公室，真开眼界了，局长办公室有个套间做卧室，里面各种礼品、烟酒堆得跟山一样，人都无法下脚，东西多得估计没个数！

我一直认为,李小琳的"东西多得估计没个数!"这句话,是我产生邪念的诱因,我想到了偷盗。下了决心后,我借口找李小琳去了公安局办公大楼,用小偷的行话说叫"踩点"。我观察了石局长办公室的位置,观察了周围环境和门卫值班情况,我发现进公安局大院查得比较严,进了院子就没人注意了,因为来来往往办事的人很多。办公大楼里面晚上上班的人也很多,很容易混进大楼。我心里下结论:公安局办公大楼里面防范不严!我想公安局的人会这么想:公安局是什么地方?小偷谁会打公安局的主意?那不是自投罗网吗?但我又一想:最危险的地方,也是最安全的地方!常言道:富贵险中求。我思前想后,心里反复权衡干还是不干,最后还是决定干了。

第一次作案,是在凌晨三点钟。我从住处下到宿舍楼二楼,在楼梯护栏钢管上拴了根绳子,跨过护栏直接跳上了公安局的围墙,我拉着绳子下到了公安局的院子里,落脚点是公安局的自行车车棚,这是我白天都观察好的。我在车棚的阴影里站了很久,没有发现异常动静,我轻巧到连爬墙虎青藤上虫子的鸣叫声都没打断;车棚里有几只老鼠,没有发现我这个活物的存在,活动依然如故,甚至还从我的脚背上欢快地窜来窜去。我知道公安局办公大楼六楼是指挥中心,那里24小时有人值班,我能听到六楼办公人员上厕所的声音和冲水的声音。我大大方方地进了办公大楼,上到二楼,用事先准备好的工具打开了石局长的办公室门。没有开灯,用带来的

白马河之恋

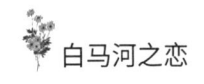

小手电筒照亮。我直接进了办公室的套间，里面的柜子里和地面上，各种礼品和烟酒确实堆得像山一样，令我眼花缭乱。我来前就定了原则：只要钱。我在桌子和柜子里找了半天也没找到，最后我把目光落在了床上，因为我小时候就有在炕席底下压钱的习惯。我掀开席梦思床床垫，床下空间的盖板也被掀掉了，呈现在我眼前的景象，几乎令我窒息、令我眩晕：全是一捆一捆的钞票，有的用纸包着，有的用各种颜色的塑料袋装着。我抑制住激动，用微微发抖的手，从中只取了两捆，装进袋子里，然后把席梦思床和室内物品恢复原样，轻手轻脚地锁好门离开，原路返回。一路太顺利了，甚至连一点惊吓都没遇到。

那次我得手二十万元。

有了第一次，第二次就有经验了。

第二次我又弄回来二十六万八千元，是一个黑色袋子装的，有零有整。

回去后，我天天竖着耳朵在捕捉风声，想知道石局长丢钱后的反应。结果是：没有反应！我想可能是人家钱太多了吧！不在乎，或许是没发现。

那段时间，我突然觉得自己成了有钱人。虽然电影公司的工作，每个月只有几百元钱的工资，但这份工作我不能放弃，它是我的立足之地。公安局那边没动静，进一步刺激了我的欲望，我如同抽了鸦片，欲罢不能。那两笔钱，我不能存在银行，因为那时候有钱人很少，存一点钱就会引起别人的注意。

开始的时候，我将钱放在行李箱中，最后怕不安全，干脆在外面租了间房子，专门为了放这笔钱。

中秋节到了，我回了趟家，在小镇上摆了几桌酒席，算是定亲宴吧！招待了媒人和双方的亲戚六人。我当着众人面把十六万元的彩礼交给了宋守成，我的亲事算是板上钉钉了，并约定春节正式办婚礼。那天，宋守成醉得一塌糊涂，昏睡不醒，我让人把他送回了家。我骗宋雅云说在北环市给她找了份工作，我们当天晚上就来到了北环市，住进了我租的房子。那天夜里，我们都开心极了，宋雅云半推半就地把她的身体交给了我。

那段时间，我出手很阔绰，给宋雅云买了戒指、项链，还有许多时髦的衣服。我没有食言，跑前跑后给宋雅云找了一份宾馆服务员的工作，我们过起了婚前的同居生活。宋守成知道了我们在一起，来到北环市叫闺女回去，说："没结婚住到一搭，丢人丧德哩！"我们俩口头上顺从了他，好吃好喝、好烟好酒地伺候着他，天天带着他看电影、上公园、看秦腔戏，几天就搞定了他。他走时又给了他一笔钱说是孝敬他，他高高兴兴地走了，再也不管"丢人丧德"的事了。

那一年，北环市的房地产才刚刚起步，一平方米才一千多元一点，我心动了，想买一套自己的房子，在北环市彻底定居下来。

国庆节到了，各单位都放假了，我觉得机会又一次降临了。假期第二天的夜里，我按以前的路线，又一次去了石局长的

白马河之恋

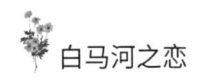

办公室。我抬开席梦思床床垫，你猜我看到了啥？我傻眼了！里面空荡荡的！一毛钱也没有！我失望极了，失去了理智，心里想：什么只拿钱，不拿东西！见鬼去吧！贼不走空！我打开办公桌底下的柜子，发现了两块劳力士手表、六根金条，还有几个装首饰的盒子、一个装满各种购物卡的皮夹子，这些我统统装进自己袋子里。看着袋子还有点空，我又顺手装进几瓶茅台酒和几条中华烟，看着差不多了，我把翻乱的东西稍微整理了一下，床恢复了原状，然后提着袋子，出了石局长的办公室。

也该我倒霉！我一出门就碰到了从二楼厕所出来的保安杨碎娃。那晚，杨碎娃巡夜到二楼，一时尿急便上了厕所，没想到一出厕所就碰到了我。他问我是干什么的，我说石局长让我来取东西，他说："大半夜取什么东西？"让我去值班室登记一下，我说好。一下楼，我撒腿就跑，杨碎娃用对讲机一喊，几个保安从不同的岗位跑到了院子，不费吹灰之力把我按在了地上……

2

秦河分局滨河路派出所所长张学军，是有二十多年从业经历的老公安了，他是部队转业的干部，在所长位子上一干就是好多年。他所在的滨河路派出所，管辖区域内大部分是市级党政机关，里面的头头脑脑不是副省级领导，就是地厅级干部，最小的也是处级干部。就是处级干部，也比他的直属领导级别高。所以他在工作中常常感到压力很大，如履薄冰，一不小心，就会被人投诉，而且投诉的人来头都不小，他们的一个电话就可以轻而易举地摘掉他的乌纱帽。这些年来他在工作中，常常揣着十二万分的小心，力图不出纰漏，他知道得罪了谁，都能让他这个科级干部吃不了兜着走。

这不，怕什么，来什么。今晚他值班，凌晨三点多，辖区就发生了一起盗窃案。辖区发生盗窃案，对派出所来说是家常便饭，但像今夜遇到的这样的盗窃案，在他从业生涯中还是第一次，因为失主是自己的顶头上司——副市长兼公安局局长石保国。他一听案情，浑身打了个激灵，睡意全无，立刻打起精神，投入了工作。

他让人把犯罪嫌疑人梁小禾带到了审讯室，拍完照，他亲自初审，录口供。

姓名？

梁小禾。

白马河之恋

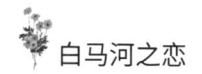

年龄？

二十八岁。

职业？

电影公司勤杂工。

现住址？

电影公司办公楼六层601室。

家庭住址？

盘山县李家营村三组26号。

你今晚去公安局大楼干什么？

我进去转转，想顺便拿些东西。

是拿吗？

是……偷……

你是怎么进公安局大院的？

……

前面的审讯还算顺利，张学军问啥梁小禾答啥。但张学军从梁小禾作案后，把现场整理得井井有条，且不慌不忙地离开这一点，感觉到这家伙可能是个惯犯，至少不是第一次作案，因此他加大了审讯力度。摄像机的镜头，一直对着梁小禾，录像红灯闪烁着，特效灯很亮地照着他的面部，对他形成了很大的心理压力。他回答问题时，每一个心理活动、反映在面部的每一丝表情，都被摄像机完整地记录了下来。

梁小禾一口咬定，他是第一次进公安局大楼，就偷了这一次。接下来下来就死活不开口了。

审讯陷入了僵局。

张学军展开了攻心术,说:"你要老老实实地交代,不要有任何隐瞒,不要有侥幸心理。今晚抓你是我们预先设计好的,我们注意你好长时间了,也掌握了你全部的犯罪事实和证据。法律讲证据,有我们掌握的这些证据,照样定你的罪。你交代不交代都没关系,但你的态度与对你的定罪有关系。如果是你自己讲出来的,算是有'认罪态度好'的情节,可以对你'坦白从宽',也可以算你自首。如果你不开口,逼着我们把你的犯罪事实一件一件摆到你的面前,你就是承认了,也失去了争取宽大、从轻处理的机会。如果你还能交代一些我们所没有掌握的情况,你还有立功赎罪的机会,对减轻你的罪行有好处……"

时间一分一秒在延续,审讯已经持续了很长时间,天快亮了。

通过他不厌其烦、循循善诱的开导,梁小禾的表情有了变化,他继续进行审讯,希望有所突破。

你考虑得怎么样了?

我愿意坦白,争取宽大处理。

这很好,你说,详细点!

……

梁小禾交代了他三次作案的详细经过,连偷得的款项的用途、所剩的余额存放的地方,都交代得清清楚楚。临了,张学军问他还有没有需要补充的,梁小禾嗫嚅半天,说他想

白马河之恋

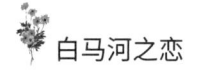

戴罪立功。张学军让他说,继续记录。梁小禾说,他要检举市公安局石局长,他办公室床下存有大量现金,从现金的包装来看,不是一次性放进去的,而是历经很长时间,一捆一捆、一包一包放进去的,应当是贪污受贿或者其他非法所得。他说,他两次总共拿走四十六万八千元,还有大量的现金,在他第三次进去时不见了,应当被转移了,但这笔钱是存在的。他还指天发誓,说他没说一句假话,如果说一句假话,会"天打五雷轰"。他反复追问,他的检举算不算立功、能不能赎罪,张所长没有回答他。

审讯结束了,张学军让梁小禾仔细看了审讯笔录,问他有没有记录错误的地方,如果没有,让他签字认可,梁小禾签了字。

天亮后,民警带着梁小禾,重新来到市公安局大院。梁小禾指认了犯罪现场,并讲述了自己的作案细节,民警都一一录像、拍照为证。

3

秦河分局的陈剑副局长知道滨河路派出所辖区发生盗窃案，已经是十月三日的上午九点钟了。因为是在国庆长假期间，陈副局长没有像往常一样八点钟准时坐到办公室。但八点半的时候，他接到滨河路派出所所长张学军打来的电话，说有要事要见他。他和张学军很熟悉，在部队时就是战友，他们是一前一后转业到北环市公安局的，多年来，既是老战友，又是上下级，所以说话很随便。陈剑一接电话就开玩笑说：别叫局长，叫陈剑，要准确就叫陈副局长！有事电话上说不行吗？非得见面？你莫不是又弄出啥烂摊子了？张学军很焦急地说："陈剑，不开玩笑，是大事情，必须见面谈。"陈剑一听张学军的语气，知道肯定出大事了，说九点钟办公室见，便匆匆挂了电话。

陈剑作为秦河分局的副局长已经快十年了，在副职中算资格最老的一位。三年前，前任老局长退休了，上级一直没有物色到局长的人选，临时指定陈剑作为副局长主持工作，这一主持就是三年。三年中间，组织部门考察了好几次，每次都传说要下文将陈剑扶正，但传说中的文件一直都没有下来，不知什么原因。有的说是其他几个副局长争得厉害，上级还未定夺；有的说是陈剑太老实，工作没做到位。总之，陈副局长的"副"字始终没有去掉，但工作还得主持。时间

白马河之恋

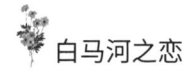

长了，陈剑也不再争究此事，索性由它去了。

陈剑之所以在几个副局长中能脱颖而出，"认真"是他的强项，他只要不开会、不出差，每天八点一定会准点在办公室看见他，风雨无阻，这一点其他副职是做不到的。陈剑在办公室听了张学军的汇报，觉得盗窃案是小事，问题是盗窃案牵扯到了自己的顶头上司——新任的副市长兼市局局长石保国。并且资金数额又这么大，他觉得事关重大，他必须慎之又慎。他立刻驱车去了滨河路派出所，仔细调看了审讯笔录，又把审讯时的录像从头到尾、认认真真地看了一遍。他表示有一些疑点，还要再审一下嫌疑人，张学军又让人把梁小禾提到了审讯室。陈剑亲自审讯，并全程录像。

姓名？

梁小禾。

我是秦河分局的副局长陈剑。我刚才看了你昨晚的供述，有几个问题我还需要再核实，希望你能配合。首先我问你第一个问题，昨晚的提审中，警察对你有没有刑讯逼供，你如实说，不用怕！

没有。

那么说，你的口供都是你自愿说出来的，没有人逼你，也没有人诱导你？

没有。

好了，我问你具体的问题。你第一次作案的时间是什么时候？

应该是七月二十七号。

你为什么把时间记得那么清楚？

那天下午，天很热，我的宿舍像蒸笼一样。我女朋友打电话催我，问我家彩礼钱准备得怎么样了。她说她父亲又给她答应了一门亲事，那家愿意出彩礼，她跟她父亲吵了一架，拒绝了。所以这个时间我记得很清楚。

七月二十七号晚上，你进了石局长办公室后，在什么位置找到现金的？有多少？你说详细一点？

那天晚上，我进了石局长的办公室后，直接进了套间里的卧室，里面有许多烟酒和高档礼品，我没有动，这些东西拿着显眼，不值钱，还容易暴露，我要找现金，开始我没有找到。因为我有在炕席底下压钱的习惯，我想在那里找找。我掀开席梦思床床垫，连带把床垫底下的一块盖板也掀掉了。盖板底下有一个很大的空间，通常是用来存放被子等物品的。盖板掀掉后，里面却全是一捆一捆的钞票，有的用纸包着，有的用各种颜色的塑料袋装着，有的用银行的带子捆扎着，封签还在上面。我不敢多拿，我怕有数，从中只取了两捆，装进袋子里，把床和床垫恢复原状后出来了。回去清点了一下，是整整二十万元。

你第二次进石局长办公室的时间？

具体时间记不清了，大概是一个月后吧！应该是八月底或九月初吧！

第二次你进石局长办公室都干了些什么？

白马河之恋

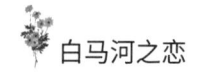

第二次我进石局长办公室，我直扑放现金的地方，我取了一个装钱的黑色袋子就离开了。回去点了一下，是二十六万八千元，不知道是什么钱，还有整有零呢！

第二次你取黑色袋子时，床下面还有多少捆或者多少袋钱？

我没数，至少有二三十个吧！

你在之前的口供中说，你第三次，就是昨晚，你打开上次取钱的地方，里面的钱已经被拿空了？

是的，里面是空的，一元钱都没剩下！

那就是说，在你第二次盗窃与第三次盗窃中间的时段里，这里的钱被人拿空了？

是的，也许石局长发现钱少了，或被人动过了，他把钱转移地方了。

你确认你以上没说假话？

我确认。

陈剑让梁小禾在口供上签了字。

4

陈剑出了滨河路派出所，理了理思路，他觉得自己现在最应该做的事，是向市局石局长汇报一下，局长的办公室是在自己的辖区被盗的，自己不哼不哈说不过去。撇开局长身份不说，作为盗窃案的失主，自己也应该见一见，至于见了说什么、不说什么，这一点自己还是能拎得清的。

他打通石局长的电话后，石局长就说："小陈啊，我正陪龙书记喝酒呢，你有什么事吗？"陈剑知道，石局长所说的龙书记是北环市市委书记龙祥云。陈剑长话短说，说他的办公室进小偷了，小偷已经抓住了，具体情况想向他汇报一下。石局长说，自己办公室被盗的事，大院保安队队长已经向他汇报过了，他说："我那个办公室是清水衙门，小偷进去都要哭着出来的！哈——哈——哈——哈——"石局长在电话那边很夸张地笑着。陈剑说"有一些具体的情况我想当面向您汇报一下，不知道您什么时候方便？"石局长说："那就国庆节长假休完以后吧！"挂电话时，石局长还补充了一句"你的事我记着呢！先安心工作吧！"

陈剑知道石局长最后一句话的意思，他感觉石局长误解了自己急于见面的目的，心里倒有几分愤愤。

国庆节长假休完后的第一个工作日，陈剑在早晨七点多就去了市局大院。昨晚他在分局值班，分局离市局大院不到两百

白马河之恋

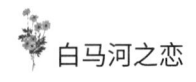

米，他怕领导一上班就出去办事，所以他希望一上班就能见到石局长。陈剑想，他汇报的这件事对石局长来说比任何事情都重要、都急迫。

市局大院的门卫杨碎娃，看见了陈剑，老远就热情地打招呼。陈剑问他石局长一般几点来办公室，杨碎娃说石局长已经来了，七点就来了，正在里面扫院子呢！听了这话，陈剑放心了。

北环市党政机关的人都知道，市公安局石保国局长有个癖好：早上爱扫院子。据说是年轻时当兵落下的病。他在多种场合跟人说，当年在部队当兵时，小兵蛋子都抢着扫院子，他每次都抢不上，为了扫上院子，他晚上偷偷地坐在扫帚上睡觉。最后他当了先进，提了干，转业到地方，这一习惯便保留了下来。当局长后，他告诉物业，公安局院子每天都由他来扫，谁都不准跟他争。有一次，杨碎娃好心帮他扫了院子，被他狠狠地批评了一顿，说他"无组织、无纪律"。保安队队长嗤笑杨碎娃"舔沟子舔到胯眼了！"石局长经常脚穿解放鞋，背着军绿色挎包，不穿警服时就穿退伍前的旧军装。下班时，常常见他，斜挎着军绿色挎包，一手提着一袋馒头，一手提着一兜青菜，赢得了"挎包局长"的美誉，是北环市茶坊酒肆里津津乐道的"廉洁干部"。他刚当局长那一年，一个生意人送给他三万元的存折，他当着局监察室主任的面，在存折上写下了"我虽然没有钱，但我有人格、有党性……我视不义之财为粪土……"当场将存折退还给了来人……想到这些，陈剑心里怎么也不会把如此"俭朴"、如此"廉洁"的老局长，和"贪官"这个词联系在一起。

　　石局长在办公室一落座，陈剑就跟了进来。石保国局长五十多岁，穿着无标志的有些褪色的部队干部服，由于才干完体力活，红彤彤的国字脸上不停地沁着汗渍，猛一看，就像刚从地里挖红薯回来的老农，透着憨厚和朴实。由于大院保安队队长之前已经汇报过那天发生的盗窃案的情况，陈剑就几句话简单地汇报了一下。局长问被盗的东西现在在哪儿，陈剑说在滨河路派出所存着。局长说都有啥东西，陈剑说有些烟酒和几件贵重物品。石局长稍作思忖，说："你回头把小偷偷我的东西给我送过来，小毛贼教育教育就放了算了！也算盗窃未遂吧！再说了，公安局被盗了，也不是什么光彩的事！"

　　陈剑说："石局长您有所不知，小偷说他以前还来过您办公室两次，这一次是第三次作案，您再好好检查一下，看您这里还丢什么东西没有？"

　　"以前还来过两次？！可我这里没丢什么东西呀？！"

　　石局长下意识地环顾了一下他的办公室说："我这里是清水衙门，什么也没有，就老战友拿来的几瓶酒，他能偷什么东西？别听他瞎说了！就是这次偷的那些东西，你回头送过来就行了，烟酒就留你那儿吧，你替我把他消费了！好了，我马上要去市政府开会，咱们就先谈到这里吧！"

　　陈剑知道，石局长国庆节前才接到新的任命，现在的职

白马河之恋

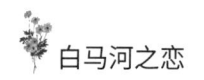

务是北环市副市长兼公安局局长，是副厅级干部，真的很忙碌，没有时间和自己这个科级干部磨牙涮嘴，因此他悻悻地出了公安局的大楼。

人出来了，陈剑的脑子没闲着。这个盗窃案是一个典型的案中案，没有石局长所说的把小偷一放了事那么简单。不过他有个看法：刚才石局长说自己没丢什么东西时，脱口而出，没有一点编造的痕迹，鉴于此，他有一个判断：其一，梁小禾前两次作案，拿走的那四十六万八千元，石局长压根就没发现；其二，席梦思床床底下存放的钱，石局长就没清点过，没有具体的数字，所以那天被梁小禾拿走，他不知道。其三，石局长在九月初至十月二日之间，突然取走了席梦思床床底下的钱，应当是有了大用处，跟梁小禾偷盗没关系。

接下来几天，陈剑和张学军安排专案组，把梁小禾交代的两笔共四十六万八千元被盗资金的流向，一笔一笔、一项一项进行了核实，确实属实无误，这个证据便被固定了下来，并追回了尚没花掉的余款。

梁小禾盗窃案，全部案情已经水落石出，可以结案，移交检察机关起诉。但案中牵出的腐败案，陈剑没了主意，经过反复考虑，理智终于占了上风，他按工作规范，把案件线索向市纪检委做了口头汇报。由于牵扯到副厅级干部，市纪检委请示有关领导后，要求陈剑把案件线索直接移交给了省纪检委。

5

石保国局长升任副市长还不到一个月，连政府办工作人员通知他开会，还依然习惯叫他石局长，叫完了又不好意思地再补充一句：我错了，石市长！

那天下午两点的政府办公会，石保国一点四十就到了。进了市政府办公大楼，他就感觉有些异乎寻常：一楼大厅平时是两个保安，都是他认识的，今天变成了四个保安，没有一个是他认识的。不过保安似乎都认识他，很热情地跟他打了招呼，并客气地说：不好意思啊，石市长！最近治安不好，进楼都要安检，领导说了，谁都不能例外！保安边说边用手持式金属探测器，在他前后划拉了一下。他也是搞安全工作的，很配合，笑着说："你们做得对，谁都不能例外！"那天他是来开会的，没有带枪，否则还得让保安托管，很操心。

他上到六楼，进了政府会议室，里面已经来了几个人，有他认识的，也有不认识的。他一进去，就看到政府办李主任，还有市纪检委的王书记也在，王书记给他介绍了一下那几个他不认识的人，说这几位是省纪检委的同志，要找他了解一些情况，组织程序已经履行过了，让他跟这几个同志走。他当时就意识到：自己被"双规"了！

那天下午，石保国跟着省纪检委的同志下了楼，直接上车离开了北环市区，驶上了高速公路。晚上就到了省会，他

白马河之恋

被安排住进了一所大学的内部招待所。他们住的是套间，里外总共有四张床，石保国住套间里最里面的一张床，其他床住的是纪检委的同志。还有两个人好像住在隔壁，他们常在隔壁商量事情。也就是说，从现在开始，他们二十四小时将和他生活在一起。他知道，他们怕他跑掉或自杀。

正式谈话已经是第二天了。跟他谈话的同志自我介绍说姓李，叫李新，新旧的新。李新先问他昨晚睡得好不好，身体上有没有什么不适，说生活上还有什么需求，尽管提。

他说没有。

李新说，我们是例行调查，你思想上不要背包袱，也不要有任何压力，问题说清楚了，就可以回去上班了。

他听了李新的话，觉得这个人还行，最起码没有拿大话来压人。就说："你们问吧，我们当公安的喜欢直来直去，知无不言、言无不尽。"

李新看他很直爽，就从包里拿出一个笔记本，打开，是一份提前拟好的谈话大纲。李新问，他来答。

不久前北环市秦河分局滨河路派出所辖区发生了一起盗窃案，小偷的作案地点在市公安局办公大楼里，你的办公室被盗，你还记得吧？

记得。

我们从犯罪嫌疑人的供述里了解到，你办公室里有个套间，套间里有一张席梦思床，席梦思床床垫下面有大量的现金，我们希望你讲清楚这些现金的来源。

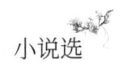

我床底下没有你所说的现金。他本能地抵赖。

是的，现在没有，但以前有过。你所要做的，就是说清楚这些现金的来源和现在的去向，包括你办公室那些名表、金条、首饰、名烟名酒和各种购物卡的来源。

我没有你所说的这笔钱！他继续抵赖，他说这话时，已经大汗淋漓，浑身已经湿透了。

你不需要很快地回答我，想清楚了再说，否则前言不搭后语，让大家都很难堪！

李新讲话很慢，但很犀利，谈话时始终看着他的眼睛，他躲也躲不掉。

我……

石保国想镇静一下，他感觉房间里太热了，他长时间再没有接李新的话，房间里死一般沉寂。

他不停地喝水，李新不停地给他续水。

过了很久……

李新继续问他。

你刚才一开始就表过态：知无不言、言无不尽。你现在可能还抱有侥幸心理：你现在床底下没有一分钱，只要你不承认，我们就拿你没办法了。我可以提示你一下，小偷总共进你办公室三次，前两次偷走的部分现金，我们已经追回来了，数额不小。就凭这笔钱，再加上小偷第三次偷到的那些名表、金条、首饰、名烟名酒和各种购物卡，你的事就小不了。你现在只有积极配合我们的调查，把你的事情说清楚，你态

白马河之恋

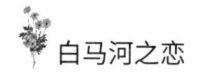

度积极一点,我们也好在下一步对你下结论时,能够写上"到案后能积极配合调查"这一句,这句话对你后面的处理结果关系很大……

第一天无论李新说什么,他再也没开过口。

接下来的三天,石保国除吃饭以外,一直睁着眼睛躺在床上。他把自己的人生,从童年到现在齐齐捋了一遍,三个昼夜没有合眼。李新他们也没有再逼着问什么。到了第五天,石保国的精神防线垮了,他不想再这么顶着折磨自己了,他怕他的神经再这么绷下去,会把这条命结束在这个招待所。他要来纸和笔,用了一夜时间,尽他所能,把多年来收受别人钱财的经历全部写了出来。第二天,交给李新他们后,他已精疲力尽,瘫倒在了床上。

6

梁小禾盗窃案,三个月后就走完了司法程序。梁小禾犯盗窃罪被判处有期徒刑三年。然而,在梁小禾服刑期间,他这个小小的毛贼居然被人们反复提起,他的案子几乎成了北环市市民酒桌必讲的段子和茶余饭后的谈资。

转眼又过了一年。

又是一个金秋,这是北环市金桂飘香的季节。老百姓都懂:春天播种了什么,秋天就收获什么。一年来,"梁小禾盗窃案牵扯到了大领导"的传闻在坊间不胫而走。《北环日报》的一条新闻,终于给这个传闻画上了句号:《原副市长兼公安局局长石保国因受贿、行贿等罪,被判处有期徒刑十年》,副标题为"小偷偷出来的反腐大案"。

文章里说:去年十月二日晚,我市发生一起入室盗窃案,一名窃贼在北环市公安局办公大楼作案时被当场抓获。审讯后窃贼交代,近几个月来,他曾三次在公安局办公大楼原局长石保国办公室作案,盗得现金、名表、金条、首饰、名烟名酒、购物卡等。在审讯中,窃贼供述,在前两次作案时,曾发现石保国办公室的套间内的席梦思床下有大量现金,他两次拿走其中的现金四十六万八千元,但在第三次作案时大量剩余现金不知去向。省纪委发现线索后,立刻立案调查。在铁的事实面前,石保国交代了自己在干部提拔任用、为他

白马河之恋

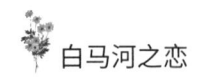

人谋取利益、公安局新大楼建设等方面，多次收受他人贿赂的犯罪事实，收受现金共计人民币六百四十余万元及价值人民币八十余万元的贵重物品。

　　本案有两个可笑的看点：一个是，小偷两次从石保国办公室偷走人民币共计四十六万八千元后，石保国毫无察觉；另一个是，案发后，小偷已经供述得清清楚楚，石保国竟然说没丢什么东西。后来他被"双规"后，办案人员询问他时，他说，别人给的钱，他一部分交给了他老婆董敏，一部分作为他的交际费用。每次顺手就丢进了席梦思床下，里面有多少钱，他从来没数过，所以小偷偷走的那四十六万八千元，他根本就不知道。办案人员问他，那其他的钱为什么突然消失了呢？石保国交代：市委书记龙祥云养了几个情妇，花销很大，在他作为副市长的人选被考察的那段时间里，龙书记多次暗示他，他的副市长能否被顺利任命，主要还是取决于龙书记的那一票。石保国心领神会，把自己办公室床下的钱翻出来，总共两百多万。一百万元现金装在了一个旅行箱里，龙书记让放在了他的越野车的后备厢里。石保国接着说："另外一百多万元我买了一幅画。其实我不懂画，那段时间龙书记正和美术学院的一个年轻女画家打得火热，国庆节前，女画家在国际展览中心办画展，龙书记让我陪他一起去看画展，女画家既展览又出售，见了龙书记诉苦说，她开展以来还没开张过呢！龙书记当场说：'今天就让你开张一次。'他指示我买下了那幅画，还说让我回来把账处理一下。我怎么处理？还不是自己拿，他总是认为我来钱的路数多。回来不久，我就被任命为副市长。"

　　石保国被"双开"并移交司法机关不久，市委书记龙祥云也被中纪委带走。经过一年多的立案调查，发现龙祥云有严重违纪行为，生活作风糜烂，除收受石保国的贿赂外，还有大量收受贿赂的线索，受贿数额特别巨大。他先后包养过13个情妇，许多情妇都参与了北环市的重大项目建设，造成烂尾工程、豆腐渣工程比比皆是，给国家和人民财产造成了重大损失。最后龙祥云因受贿罪、玩忽职守罪，被判处有期徒刑十四年。

　　媒体纷纷追踪报道，把小偷梁小禾说成是压倒龙祥云这个大骆驼的最后一根稻草。

连载于《西北文学》2021年第4期、第5期（总第85期、第86期）

北山往事

楔子

北山，是陕北黄土高原与关中渭河平原的分界岭。

陕西从地域上分为陕南、陕北、关中三个部分。从大的方面来讲，关中和陕南以秦岭为界，关中和陕北则是以北山为界。北山不是一座山，而是一个山系，它由一系列大大小小的山脉组成，总体来说，由桥山、黄龙山、子午岭、陇山四座山脉组成。

千百年来，西伯利亚的高压气流，每年秋冬季都会形成季风，吹到东北亚的季风属于西北风。这股西北风扫过苍茫

白马河之恋

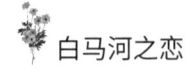

的蒙古草原时，还是一股动力强劲的狂风，一旦卷过黄沙漫漫的东北亚沙漠，这股风便演化成了沙尘暴。每当西北风盛行的季节，狂风骤起、飞沙走石、尘土蔽日，细小的砂粉和黄土纷纷向东南飞扬，遇到北山、秦岭、太行山等高山的阻挡，风力迅速减弱，携带的尘土便沉积下来。这些黄土颗粒，以大约一万年一米的速度逐渐堆积，历经几百万年的漫漫时光，一点一点的尘埃，最终形成了今天这举世无双的黄土高原。

从古到今，北山的每一座山，每一道梁，每一道川，每一道皱褶，每一个山峁峁，都分布着一个个或大或小、或穷或富的村落。生活在这里的人们，世世代代在这片土地上繁衍生息，春种秋收。强劲的西北风，把男人磨砺得强健又粗壮，汩汩的山泉把哺育者的奶头滋润得又鼓又涨。他们在塬面上、川道里种下小麦和玉米，在山坡上、山峁上种下糜子和荞麦，在地头上和炕头上播种下他们的爱情。我后面所讲的，便是生活在这片土地上的北山人的故事。

1

那是民国年间的事了。

北山里有一条泾河,清澈的河水昼夜不息地向东南流去。泾河北岸的原上有个泾北镇,泾北镇上有座菩萨寺,菩萨寺旁有条寺店街,寺店街上有一家"桃花瓷器店",瓷器店的老板娘叫李桃花。李桃花二十多岁,不但生意做得好,人也长得漂亮,皮肤白皙,柳眉杏眼,要脸蛋有脸蛋,要身材有身材,再加上为人开朗热情,把一条街上男人的魂都勾去了。镇上的男人,不管家里缺不缺瓷器,有事没事都喜欢去她家店里看看。看瓷器是假,主要是借看瓷器之机多看一眼李桃花,即使不进瓷器店,也喜欢从她家店前趔趄着走过,找由头和李桃花搭讪着聊几句。

瓷器店对面有家杂货铺子,铺子的少掌柜叫马志云。马志云一直暗恋着李桃花,多年来,对第一次看见李桃花的情景仍然记忆犹新——那是在李桃花和常金宝的婚礼上。当年的李桃花,长着一张新月似的瓜子脸,略施粉黛,皮肤白皙娇嫩,长长的睫毛下,一双水汪汪的大眼睛明亮而多情。挺直的鼻梁上,小巧的鼻翼像悬胆似的,俏皮地向上翘着,两片红润的朱唇,像正在开放的花瓣,说起话来温柔妥帖,言谈举止、一颦一笑都叫人喜欢。一转眼几年过去了,瓷器店

白马河之恋

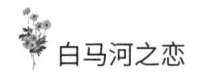

老板娘——少妇李桃花出落得越发美丽大方、风采迷人了。

马志云常常坐在他家门口,望着对面忙碌的李桃花发瓷,边望边对店里的伙计说:这娘们稀得很!看得人眼馋,我要不是结了婚,就带她去私奔,浪迹天涯去!

李桃花的男人叫常金宝,常家是泾北原上有名的骟匠世家,专门阉割猪鸡猫狗、骡马牛羊。他爷常一刀、他爹常小刀都是在骟匠行里赫赫有名的人物。据说这一行家家有绝招,但技艺绝对不公开,只是父子相传。从他爷开始干这一行,又置地、又盖房,眼见钱没少赚。到了常金宝这一代,常金宝虽然长得人高马大,比他爷、他爹都魁梧,但就是见不得血,一见爷爷、父亲做这血糊糊的营生,就往后溜。

他爷爷当年跑江湖时,练过几年少林拳,为了把孙子培养成个硬汉,从常金宝五六岁就让跟他练拳脚,虽然拳打得虎虎生风,但是晕血的毛病一直改不了,更别说拿上手术刀做营生。常一刀总结说这个孙子是个"软蛋",一辈子也硬不起来了。他爹常小刀更是恨铁不成钢。在给这个"软蛋"儿子找媳妇时就定下个标准:要找一个性情刚烈、能撑得住事、能拿得住儿子的女子做儿媳妇。媒人介绍了李桃花后,常小刀通过明察暗访,发现李桃花就是自己要找的人选,赶紧给他们订了婚,常金宝十六岁就完了婚。

常金宝打见第一面就喜欢上了李桃花,在他心里她是他梦寐以求的新娘子,是他交了桃花运修来的,是他生活中的娘娘、是观音、是菩萨。他是发自内心地爱她，这种爱，在生活中就变成了一种怕，在李桃花面前他乖巧得像猫一样，对她言听计从。瓷器店是他婚后专为李桃花消遣而开的，货源都是他出外做营生时，从大城镇顺道捎回来的。他不指望瓷器店挣钱，只是让媳妇在他外出时，打发一段漫长而无聊的时光，但是无心插柳柳成荫，自从李桃花经营了瓷器店，店里的生意却出奇地好。

婚后常金宝对祖传手艺仍不感兴趣，但他拗不过李桃花的固执和坚持。当年李桃花在待字闺中时，提亲的人能踏断门槛，她爹就是冲着常家的手艺才让她嫁给常金宝的。常金宝数次决定抛开祖业，改弦更张另择他业，在李桃花以离婚为筹码的威逼利诱下，他才极不情愿地接过了祖传的手艺。男人一发狠，死都不怕了，晕血也就不是个事了。到现在也干了好几年了，在他爹闭眼睛前，总算是彻底掌握了祖传的手艺。

李桃花当然知道艺不压身的道理。骟匠这行当听着不好听，可是独门绝技，整个泾北原上，会这一技术的可谓凤毛麟角。农家过日子养牲畜，谁家也离不了骟匠，骟匠赚钱快，一天的收入比李桃花开十天店挣得都多。

常金宝他爷爷、他爹在向他传授技艺时就告诉他：骡马牛羊的蛋子（睾丸的俗称）是壮阳的极品，尤其牛的蛋子，民间认为是珍品，雅称叫牛宝，一般是公牛被宰杀或阉割时

白马河之恋

获取的。中医认为牛宝的药用价值很高,具有益气补肾、生精补血、壮阳健体的效果。男人吃了,性功能会极大地增强。所以骟匠做营生时,顺手把从牲口身上取下来的蛋子,都收集起来,卖给村里那些需要补的男人,也算一项额外的收入。

李桃花结婚三年了,人长得像花儿一样,可肚子不争气。功课没少做,但肚子却昧了良心,几年了也没个动静,害得常金宝平日里为子嗣的事焦躁万分。常金宝一旦遇到要骟的强壮公牛,便把割下的蛋子提回来,爆炒了下酒。不知是牛宝的作用还是心理暗示,一旦吃完牛宝,等不到天黑,常金宝便急火攻心,迫不及待地把李桃花按在大炕上。到了天黑两口子正式上了炕,一晚上颠鸾倒凤、琴瑟和鸣,大战好几个回合。然而,一天天过去了,李桃花的肚子依然昧着良心,瘪瘪地没有任何动静。这怀孕生子、传宗接代的事就一天天耽搁下来,时时刻刻折磨着夫妻俩。

常金宝每天骑着一匹白嘴、白肚、白蹄的黑驴出门做营生,肩膀上搭着一个褡裢,褡裢里是从爷爷、父亲手里传下来的各种手术工具,这些工具基本都是自制的,一般秘不示人,因为工具也是常家秘密绝技的一部分。驴鞍子上插着一根长竹棍,棍头上绑一块红绸子,驴脖子上挂着一个碗口大的铜铃,一走路叮叮当当地响,声音能传好几里路。这一套行头打扮,已经是常家营生的标志,只是他爷、他爹以前骑的是马,到了常金宝换成了驴,他喜欢驴的乖巧和干净。这头白嘴、白肚、白蹄的黑驴，李桃花叫它"花驴"。有时常金宝借故想腻在家里，李桃花就会说："还不赶快骑你的花驴去？！"常金宝就会会心地一笑，知道媳妇又催他出门做生意了。于是，便骑驴出门，让红绸子在头上飘着，走村串乡，出家入户地游荡起来。十里八乡的人，光听声音，就知道是骟匠来了。

白马河之恋

2

寺店街上有个胡家中药铺，中药铺里有三个伙计，大师兄叫张铁头，二师兄叫李三顺，三师兄叫王七斤。这哥仨都是快三十岁的老光棍，剃着清一色的光头，每天抓药、晒药、炮制药，围着药店和加工房转圈圈。三个人干活是干活，嘴可没闲着，除了说吃喝，就是谈女人。尤其大师兄张铁头，成天干活无精打采的，如果有了女人的话题，就像打了鸡血似的，整个人立马就有了精神。

这天，几个人正切中药材，王七斤说：你说咱镇上最漂亮的女子是谁？李三顺说：当然是周家染坊周掌柜家的小姐周雪喽！王七斤说：你个乡里娃，眼头还高得不行，周雪在省城念洋学堂，你一年过年才见一回，就惦记到心里了。那可是天上的星星，你是地上的蛤蟆，八竿子都打不着的，说她漂亮有啥用。张铁头过来插话说：周雪算个啥！我就觉得瓷器西施李桃花最好看，这辈子若能娶到李桃花这样的女人，我就知足了。命背啊！我喜欢李桃花，一条街上住着，每次只能远远地看着，至今还没机会跟她说上一句话！

王七斤说：李桃花好看是好看，就是她男人常金宝特丧眼，掌柜的每次让我去她家买东西，我跟李桃花多说两句话、多看两眼，常金宝看见了都要黑着脸，好像谁要抢了他老婆似的。

张铁头说：你这一说我还真想去看看李桃花了！李三顺

说：你这不是寻着去找抽吗？常金宝可在家呢，那家伙拳头比老碗大，别把他逗躁了，把你放倒给骗了。

王七斤说：今天如果要去看李桃花可是个好机会，保准不挨揍，保险得很哩。早上我去她家搬缸，正好听见常金宝跟李桃花说，他要去张洪镇，给马财东家骟好几头牛哩。张洪镇离咱们这里要翻百子沟，今天不一定能回来。张铁头一听来了劲了，说：天赐良机啊，今天打烊了我掏钱，买些酒菜，咱们三个找李桃花吃花酒去。

傍晚，药铺打了烊，张铁头、李三顺、王七斤哥仨在药铺简单、潦草地吃了些饭，来到老张家牛肉店，切了两斤腊牛肉，配了几样素菜，又到食杂店买了两瓶老西凤酒，拎着就往李桃花店里走。仨人路上商量好，见了李桃花由王七斤出面勾兑，因为王七斤成天来买东西，和李桃花比较熟，他出面说话比较方便。这三个人，王七斤比较老实简单，张铁头和李三顺比较奸诈，两人在路上如此如此、这般这般，嘀嘀咕咕地商量了一路计谋，计划去了先逗引着李桃花喝酒，等李桃花喝醉了再行不轨，干些不可告人的勾当。

寺店街很短，说话间就到了"桃花瓷器店"门口。却说李桃花看今天傍晚也没生意，丈夫今晚也不回来了，便早早地打烊歇息。正准备关院子大门时，看见王七斤带着两个师兄奔自己家而来。李桃花一看是同一条街上的街坊熟人，便热情招呼，大大方方地把三兄弟让进了屋。看着他们仨都是光头便开玩笑说：你们三个是准备到哪里化缘去？王七斤说：

白马河之恋

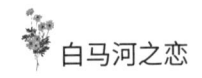

我铁头兄说了个对象，最近准备成事，他家在乡下，我们三个想借用一下你的宝地，商量一下定亲的一些细节，不知嫂子方便不？再者，嫂子见多识广，也顺便给我们出出主意。李桃花一听，是街坊家有好事，有求于自己，自己在家，闲着也是闲着，很爽快地答应了。她在堂屋正中摆了一张八仙桌，取来酒具碗筷，把他们仨安顿好，并泡了一壶热茶，送到桌上说：你们说事，我到厨房还有些活计要做，你们慢慢地喝。说完，便转身去了厨房。

张铁头从一进门，眼睛就盯在李桃花的脸上，李桃花已经出了堂屋的门，张铁头的目光还停滞在堂屋的门上。王七斤把手往张铁头眼前一挡，说：差不多就行了，看到眼里可就拔不出来了，看你那色眯眯的样子，把人家都吓跑了。

张铁头央告李三顺去把李桃花请到桌上来，没有李桃花，这酒还喝什么劲呢？李三顺说他和人家不熟，让王七斤去劝。王七斤说大师兄年龄大，说话有分量，还是大师兄出面好一点。三个人推来推去，张铁头听了不高兴了，拉下脸说：你俩谁也别推了，你俩如果还认我这个大师兄，就听我的，一起去，无论如何把李桃花请到桌上来！大师兄话都说到这份上了，李三顺、王七斤只好出了门，来到厨房，摇唇鼓舌连哄带骗，才把李桃花请上了桌。

第一杯酒是张铁头提议，说为了自己提亲能顺利成功，大家一起干一杯！李桃花本不会喝酒，但为了不拂大家的面子，也就喝了一杯。第一杯酒下肚，气氛一下子活跃起来。

李桃花便问张铁头提的亲是谁家的姑娘，张铁头随口胡诌了一个什么高家村高满堂家的二姑娘翠翠。李三顺一听，差一点要笑出了声，心想：这家伙也太能诌了，编得有鼻子有眼、有媳妇有岳父的。为了不露马脚，他赶快站起来，给大家斟满了酒，说，为我大哥终于娶上媳妇咱们干一杯！李桃花摆着手说，我没有酒量，不能再喝酒了，你们几个尽兴喝。李三顺一听，佯怒说：小嫂子看来是瞧不起我李三顺了，我大哥敬的酒你能喝，我敬的酒你就不喝？李桃花看李三顺挑理，赶紧端起酒杯说，兄弟不敢这么说，我喝就是了，大家一起喝。说着，端起了酒杯，和大家一起一饮而尽。轮到王七斤提酒了，他给大家斟满了酒，说，我和桃花嫂子最熟，我敬的酒她不会不喝，我先干为敬！王七斤端起酒杯一口喝干了，其他人都端着酒，盯着看李桃花，看她喝不喝。李桃花被架上去了，硬着头皮又喝了一杯。几个人巧舌如簧，变着说法劝酒，连哄带骗、推杯换盏，酒越喝越多……李桃花感觉有些头晕，只好说，你们随意喝，我陪着你们，酒我实在不能喝了！

初秋的夜晚，乡村的小镇上，夜静得能听见远处秋虫的叫声。一轮明月朗照着大地，洒下了一地银辉。不知过了多久，院外隐隐约约地传来铜铃叮叮当当的声音，声音越来越近，声响越来越大，越来越清晰……

李桃花听见了，一下子酒醒了一半。张铁头、李三顺、王七斤哥仁也听见了，很明显是常金宝回来了。

四个人各怀鬼胎，都有些紧张。鬼都能想到：如果常金

白马河之恋

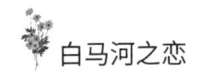

宝看到这三个人拉他媳妇吃酒，那个醋罐子男人肯定会杀人放火，把这几个人撕了。慌乱中，张铁头、李三顺、王七斤想从正门出去，被李桃花拦住了，因为常金宝已经到了大门口，出去会被堵个正着，她不想让他们发生正面冲突。李桃花急中生智，带着三个人去厨房躲藏，进了厨房又找不到藏身的地方。李桃花家的厨房也是一间大房间，一进门是一个能睡五六个人的烧柴火的大炕，大炕后边是连锅灶，大炕和灶台之间用塝坎隔开，平时大炕从不睡人，只有临时来了客人才偶然用一下。张铁头一看厨房没有藏身之地，首先爬进了大炕烧火用的炕洞里，李三顺、王七斤也跟着爬了进去。李桃花赶紧把炕洞的方木板堵上，堵上炕洞后一颗悬着的心才放了下来。回到堂屋，她把桌上的所有的东西，都收到一个大蒲篮里，用盖子一盖，只留下一双筷子、一个杯子、一盘花生米和一瓶酒，伪装好了一个人喝闷酒的现场，才去开了大门。

　　常金宝牵着驴进了院子，埋怨媳妇为什么迟迟不来开门。李桃花说自己喝酒呢，头有些晕没听见。常金宝听了哈哈大笑说：你说天书哩？！我和你结婚这么多年了，啥时候见你一个人在家喝过酒？！

　　今天不是就让你见识了，李桃花讷讷地说。

　　常金宝安顿好牲口，进了堂屋，果然闻见满屋子的酒香，桌上摆着一双筷子、一个杯子、一盘花生米和一瓶酒。李桃花问他吃晚饭了没有，常金宝说在马财东家吃过了，马财东本来是要留他住一宿再回来的，他考虑到明天要去白吉镇赶集，睡一宿会耽误明天去集市上做生意，所以就连夜赶回来了。常金宝洗了把脸，斜睨了一眼桌上的花生米和酒，说看见酒又馋了，非得让媳妇陪着他再喝两盅。夫妻俩又把酒倒上，喝了起来。常金宝体贴地问媳妇今天忙不忙，为什么喝闷酒？媳妇说还不是为生孩子的事。说到这里，俩人心情很沉重，又喝了两杯，去卧房睡了。

白马河之恋

3

常家的大门是老式木门，从里头用木闩子插着，很容易打开。李桃花是这样想的：他们睡下后，这三个人会从厨房里出来，自己打开大门出去，她明天起早点，把大门关上了事。她这样想着，前半夜一直支棱着耳朵听着，但是好像没有任何动静，后半夜实在困得不行了，倒真的睡着了。

李桃花一觉睡醒时，东方已经发白了。趁常金宝还没起床，她赶紧起来，跑到院子里准备关大门。走到大门边一看，大门关得好好的。她有些纳闷。她又来到厨房查看，发现炕洞的方木板也堵得好好的。她更纳闷了。用手扒开炕洞木板一看，一股烟冒了出来，烟雾一散，看到一只人的脚在炕洞里，她吓得几乎叫出声来，赶紧用手捂住了嘴巴。她怕常金宝听见动静会起来看，赶紧把炕洞木板又堵上了。

她的脑子在高速运转分析这是什么情况：这三个人昨晚没有走，被煤烟熏死了！煤烟又是从哪里来的呢？她突然想到灶膛，对灶膛！她家的灶膛里一年四季是不熄火的，每天做完饭，她都会用一铲煤渣压在余烬上，再在上面压上煤灰，第二天早上，一捅炉灰，灶膛里的火就生起来了，灶和炕用的是同一个烟囱，所以，灶膛里的煤烟就会被吸到炕洞里去了。

她真恨自己的脑子咋这么不够用呢？昨天怎么没有考虑到这一点，酿成了大祸。她气得捶胸顿足、抓自己的头发，肠子都要悔青了,人命关天!人命关天呀!况且是三条人命!怎么办?怎么办?她急得团团转,一时没了主意……

她很快强迫自己冷静下来,丝毫不能慌乱,找了一个凳子,在院子里稳稳当当地坐了下来。她自己能感觉到自己的心跳在加速,浑身发冷,手在发抖。她开始考虑这件事的几种发展方向:第一种:她喊叫出去,第一个到达现场的人是她的丈夫常金宝,他首先要了解这几个死人的来龙去脉,她得从昨天打烊关门说起,一直说到今天早上。但这是她的一面之词,他会信吗?他怎么会信呢?她有苦难言,就是浑身长嘴也说不清呀!他会想:你这个荡妇,趁我不在,约了三个野男人来家里喝酒,被我撞破,三个野男人慌不择路,钻入炕洞,被烟熏死,瞒不住了,才来喊我帮忙。她有把握,丈夫会帮忙,最多和自己吵闹一场,再不济打自己一顿,吵完了,打完了,但这里死了三个人,这三个死人怎么办?怎么收场?上次马老五他爹半夜死了,过来求他们两口子过去帮忙给老人穿寿衣,常金宝见了死人,两腿发软不敢往跟前走。勉强走到跟前,两手跟抖糠似的,还是自己上前搭了把手,才给老人把寿衣穿上,否则他这么大个子的老爷们,还那么害怕死人,会让街坊邻里耻笑死呢!这次不同了,是在自己家,而且还是三具尸体,他能弄得了吗?他不吓死才怪呢!如果她的叫喊声惊动了街坊邻居,街坊邻居会拥进来帮忙,但他们会怎么看这件事,整个泾北镇上会传得沸沸扬扬,街坊邻居会怎么看自己?就是把这些先放一边不说,接下来就该惊动官府了。

白马河之恋

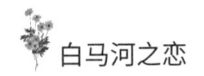

县警察局的警察很快就会找上门来的，自己和丈夫会惹上人命官司……这些都会很快发生，避之不及，他们会被当作杀人犯被官府捉拿归案，会下进大牢，会被砍头的……想一想这些，她脖子发凉，不敢往下想了。

她神经质地摇了摇头，自己否决了自己前面的想法，又开始考量这件事的另一种发展方向——秘密地处理掉这件事情。

她开始自问自答：秘密到什么程度？

答：最好只有自己一个人知道这件事情。

问：尸体怎么办？

答：自己想办法处理掉或藏起来。

问：常金宝这边怎么办？

答：不动声色、掩盖一切，让他赶快离开是非之地，即使有官司自己一个人承担。

李桃花心里进一步论证这两种方案：从不侥幸的方面去考虑，这件事惹来的麻烦，今天或是将来，无论以什么方式被发现，在法律面前，只看结果。死了三个人，结果已经是板上钉钉子了，那么自己应当承担什么责任、法律会对自己怎么处理，也就定下来了。既然是这样，后一种方案，自己可以掌握事件暴露的时间，掌控事件被发现的节奏，自己有充分的时间让这件事暴露后对自己、对丈夫的伤害最小，自己承担该承担的责任，那将是处理这件事最为有利的方式。蓦然，她脑子里还闪过一个念头在暗示自己：今年是她二十四岁的本命年，这也许就是她本命年里的劫数，这是天意，躲也躲不过的，该来的就来吧!

她打定了主意,心里一下子轻松了好多,长吁了一口气:对,常言道"两害相权取其轻",就按第二种方案办!

现在要做的第一步就是赶快让常金宝离开家,离开这个是非之地,好让她有充裕的时间来处理后面的事情。她知道常金宝计划今天要去白吉镇赶集做营生。她先开了大门,到大街上的老孙家买了几个白吉饼和两份胡辣汤提回来,很温柔地喊醒丈夫,一起吃了饭,说还要赶几十里的路呢,让他早点走。她尽量让自己神态自若,好像什么都没发生一样,一言一行都很平静。

常金宝起来洗漱完,吃完饭,便骑着他的花驴上路了。李桃花把他送出了门,看着他远去的背影,鼻子突然有些发酸,眼泪扑簌簌地像断了线的珠子一样落到了她漂亮的脸颊上,整个人突然像雨打的梨花一样憔悴。她竭力控制住自己的情绪,不让自己失态。她想:他走了,这后面等待她的将不知道是怎样一种结果,她突然觉得心里空荡荡的,有一种溺水后连一根稻草都抓不住的感觉⋯⋯

抬起头,初秋的阳光,明媚得像春天的阳光一样,天瓦蓝瓦蓝的,没有一丝云彩;和煦的秋风慵懒地吹着,是那种温柔的风,边飞边笑的那种,又是一个美好的早晨开始了。李桃花想:多好的天气啊!如果什么事都没发生,没有这从天而降的破事,该多好啊⋯⋯

白马河之恋

4

泾北镇上有一乞丐，自称叫"富贵"。富贵老家在甘肃，具体是哪州哪县，富贵不讲，无从考究。富贵第一次出现在泾北镇，是在一年冬天的一个早晨。那天，天上还飘着雪花，一个十几岁的男孩，满脸污垢地站在老孙家胡辣汤的大锅前。男孩脸黑得就剩眼珠露出些白色，头上的头发像草一样又脏又乱，结成一绺一绺的条状，散乱地顶在脑门上。头发里夹杂着些许麦草，显然是晚上钻在麦草垛睡觉后留下的痕迹。一身破旧的棉衣，黑乎乎的一团，已看不出当初的颜色。棉衣裂了许多口子，棉花絮从裂口挤出来，仿佛猪板油似的，随时可能会掉下来。男孩双手插在棉衣袖筒中，在寒风中战栗着，眼睛盯着胡辣汤锅，喉咙不停地咕噜着。孙掌柜给他舀了一碗胡辣汤，给了他一个白吉饼，他三下五除二把汤倒进了嘴里，显然饿急了。孙掌柜又给盛了一份，他又很快喝了下去，一连给他盛了三碗胡辣汤，给了他三个白吉饼，他才吃饱了。孙掌柜问他叫什么名字，他说了声"富贵"就跑开了，惹得围观的食客哄堂大笑，小镇上的人们从此就记住了这个叫"富贵"的乞丐。

却说常金宝走了后，李桃花擦干了眼泪，为了给自己壮胆，把昨天喝剩的酒拿出来，连喝了三杯。她来到厨房，先从炕洞里拉出一具尸体，找了一个麻袋盖上，然后来到大街上。

她老远看见乞丐富贵在花圈店外踅摸生意，她便叫他去干零活。按零活行的规矩，干活的主家得给伙计管饭。李桃花先带富贵去吃了个早饭，然后去她家。路上她告诉富贵，昨晚她丈夫不在家，她的相好秃子来她家过夜，半夜得急症死了，她怕秃子家人讹她，想把秃子的尸体扔到村外林子里去，问富贵，能不能干这个活？富贵起初一听，有些害怕，也有些犹豫。她直接说，干完给你两块银圆，富贵嘴嗫嚅半天，面有难色，她说，再加一块怎么样？富贵一听给三块银圆，忙不迭地说了一连串"干、干、干"。李桃花带他来到厨房，富贵熟练地把尸体装进麻袋，用独轮车推着去了村外。

　　富贵走后，李桃花思忖着这第二具尸体怎么办。如果再找人，势必增加走漏风声的风险，不找人，仍然让富贵来搬，这话就说不圆了。她已经说过了，死者是她的相好，暴病而亡，不可能是两个人，更不可能是三个人，她在院子里急得团团转，来回踱着想不出办法。时间一分一秒地过去了，突然，脑子里灵光一闪，她心里有了主意。她赶紧到厨房，又从炕洞里拉出一具尸体，用麻袋盖上。不久，富贵推着独轮车回来了，刚一进院，李桃花就说：富贵啊，你把死秃子扔得太近了，你还没回来他就跑回来了，他又躺在厨房里去了。她这几句话把富贵说蒙了——当地人都信神信鬼，相信人死了会变鬼，鬼和人一样有喜怒哀乐，会跑会走，富贵更是相信鬼魅的存在。富贵过去一看，尸体是个光头，以为真是刚才送走的那个死秃子。他又用麻袋装好，满脸歉意地对李桃花说：嫂子你放心，

白马河之恋

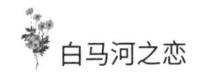

我干活没麻达,这次我把他扔远些,他咋都跑不回来!

有了第二次的经验,李桃花已经自信了好多,她到厨房,又从炕洞里拉出第三具尸体,用麻袋盖好,等富贵回来。这一次富贵回来时已到了晌午时分。富贵推着独轮车进院时,已经大汗淋漓,一进院就讨好地对李桃花说:这一次扔得远,出了村又走了好几里路哩。李桃花佯装生气地说:你骗我了吧?肯定没扔远,死秃子都跑回来好一阵子了,你去哪里逛了一圈才跑回来,咹?富贵过去一看,说:哎呀,这死秃子成精了,太厉害了!不过嫂子你放心,看我这次非把他送得远远的,他若再回来我这工钱就不要了!说着又把第三具尸体装入麻袋,将麻袋装上独轮车,推起独轮车出了门。

陈家坡村离泾北镇只有两里路,陈家坡村的狗剩吃了晌午饭,打着饱嗝在村外溜达消食,正走着,肚子一阵剧痛,便在硷畔下的树林子里解起手来。正痛快中,"嗵"的一声,头前不远处掉下来一具尸体。时间临近傍晚,狗剩吓得头发都竖了起来,赶紧提起裤子就跑,跑到树林旁边时,遇到了富贵,狗剩以为遇到了鬼,跑得更快了。富贵看见一个人从自己身边跑过,以为是死秃子又跑回去了,急忙大声喊:哎——死秃子,你别再往回跑了——你别再往回跑了。狗剩越跑越快,富贵气得把独轮车往地上一撂,骂道:这狗日的死鬼,跟我杠上了,看来今天的钱是挣不上了……

李桃花半天不见富贵回来,来到街上,发现富贵正坐在馒头店门口蔫头耷脑地啃冷馒头。她一过去,富贵就不好意思地说:我知道死秃子又回来了,你的钱我不挣了!李桃花笑着说:死秃子这次没跑回来,我是给你送钱来的。富贵一听乐了,笑眯眯地说:这货这次终于跑丢了!她把富贵叫到一边,给了富贵三块银圆,富贵喜上眉梢,连声道谢。她又拿出两块银圆说:这两块银元是让你把嘴闭牢,咱俩今天没见过面,对吧?!富贵一听,眨巴了几下他那狡黠的小眼睛,若有所悟,迅疾一连声地说:"没见过!没见过!今天咱俩谁也没见过谁。"说完拿了钱一溜烟地跑了。

　　李桃花在最后一具尸体搬出院子的那一刻,才长吁了一口气。但她知道问题仍然很严峻。虽然尸体扔出去了,明天天一亮,如果被人发现,警察局的警察很快就会顺藤摸瓜地找上门来。思前想后,李桃花觉得:目前最好"三十六计,走为上计",自己先躲出去,在暗处观察事态的发展。她想:常金宝不能走,他俩一起走,就坐实了他俩杀人潜逃的嫌疑。

　　她一旦决定了离开,事不宜迟,傍晚就出发,去古邑县花田镇她娘家先躲起来。她回去收拾了一包简单的行李,到对面马家杂货店,把她家钥匙放在马志云处,并让他带话给常金宝,说娘家妈得了急症危在旦夕,她回娘家探望去了。她在马车行雇了辆马车,连夜去了花田镇的娘家。

　　就在李桃花还在逃亡的路上时,常金宝在白吉镇的骡马市场上已经一连做了五六单生意。傍晚集市一散,他顾不上

白马河之恋

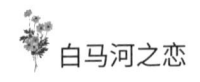

吃饭就往回赶。他平时在可能的情况下,喜欢尽量赶回家和李桃花一起吃晚饭。常金宝赶到家门口,一看瓷器店店门关着,他家的大门也是铁将军把门。正疑惑间,对面铺子的马志云过来把李桃花存放的钥匙给了他,并转达了李桃花让捎的话。

5

　　凤鸣春酒楼是泾北镇最阔气的酒楼，李桃花逃走的这天傍晚，凤鸣春酒楼一场酒筵正在进行中。泾北镇镇长兼联保主任吴孝贤正在凤鸣春酒楼和泾北保长杨金堂、街上的风流寡妇王翠萍三人吃酒。王翠萍的弟弟王狗娃贩卖烟土被保安团抓了，王翠萍想捞人，一直想约吴孝贤，吴孝贤不理她。吴孝贤今天赴宴也是给杨保长的面子，酒菜的丰盛自不必说。吃喝得差不多的时候，杨保长给了跑堂的一个暗示，一盘本店的镇店之宝——"钱钱肉"端上了酒桌。凤鸣春酒楼的"钱钱肉"在原上是出了名的，这是用公驴的阳物烹制的，杨保长在吴主任面前多次推荐过这道菜，吴孝贤正吃在兴头上，陈家坡村的甲长陈正民急急火火地找到酒楼来，说有要事要报告给杨保长，想让杨保长出屋借一步说话。杨保长说，这屋里没有外人，吴镇长是我的直接上司，有事你就在这里说。还没等陈正民回答，吴孝贤不悦道：有什么急火事，火急火燎的，酒都喝不成，死人啦？陈正民头点得像捣蒜似的说：确实死人了，我们村外发现一具尸体，死人就在村外树林旁的硷畔下面。

　　吴孝贤听了，吃了一惊，在自己的辖区出现尸体，确实是人命关天的大事，就对杨保长说：金堂，今晚这酒看来你喝不成了，你赶紧去镇公所找保安中队队长王金标，你们一

白马河之恋

起去现场连夜勘察。杨金堂临走,嘱咐王翠萍好好陪吴镇长喝酒。

杨保长、陈正民,还有王金标带了几个团丁赶到陈家坡村,叫上报案人陈狗剩带路,一行人打着灯笼来到抛尸现场。狗剩讲了他遇到抛尸的经过。说他开始很害怕,以为"诈尸"会追他,跑回村一看尸体并没有追来,回到家里镇定了一下,觉得不对,叫了村里几个人壮胆,又来到村外树林旁,发现尸体还在那里,于是赶紧报告给了甲长陈正民。

王金标带人勘察了现场,并做了记录,让陈正民带人把尸体搬到村里的破庙里先存放起来。又把陈狗剩叫来继续询问,让他再回忆一下当时的一些细节,譬如是否看见抛尸现场还有什么人等。经过启发,他说当时有人追着他喊,他以为诈尸了。问他以前见没见过喊他的人,他说和镇上要饭的叫花子富贵有点像。王金标把陈狗剩带到保安队,让团丁去打听富贵晚上在哪儿住。团丁去了一会儿,把睡眼惺忪的富贵从砖瓦窑的住处提溜出来,带到了保安队。陈狗剩一见富贵,就说在抛尸现场喊自己的就是他。富贵矢口否认。王金标一看富贵钢口咬得很紧,他向几个团丁使了个眼色,团丁把富贵带到刑讯室,用麻绳直接把富贵绑在了柱子上,用皮鞭蘸着盐水一阵猛抽,打一句问一句,直打得富贵皮开肉绽,一会儿撑不住全交代了。连死秃子往李桃花家跑回了两次都交代了。杨保长和王金标一听就是富贵被李桃花糊弄了,肯定还有更重大的案情,便直接押上富贵去另外两个抛尸现场,果然又搬回了两具尸体。

　　第二天清晨，天才麻麻亮，常金宝被一阵急骤的敲门声惊醒。常金宝隔着门问了一声："谁？"回答的是："金宝，是我，杨保长杨金堂。"

　　常金宝一听是杨保长杨金堂，都是熟人，以为保里要通知什么事，赶忙打开了大门。大门一开，十几个团丁蜂拥而入，二话不说，一根麻绳把常金宝五花大绑。常金宝用目光在人堆里找到杨保长，大声质问他为什么抓自己，平时很友善的杨保长黑着脸说：你做下啥事你自己不清楚？并让团丁一个屋子、一个屋子地仔细搜捕李桃花，团丁翻箱倒柜地把常家翻了个底朝天，也没找到李桃花。问常金宝李桃花去哪里了，常金宝知道来者不善，故意隐瞒了媳妇的去向，就说媳妇昨天去乾州进货去了。杨保长看抓不到李桃花，便留了几个人在常家蹲守，嘱咐李桃花一回来便抓捕。常金宝被当即逮走，押到保安中队关押起来，等候镇长吴孝贤亲自过堂审问。

　　一夜的折腾，抓获了杀人嫌疑犯，起获三具尸体，杨保长杨金堂和保安中队长王金标都很有成就感。一夜无眠也毫无倦意，早上一上班，就到吴镇长的办公室来汇报案情。

　　吴镇长昨晚和寡妇王翠萍风流了一夜，"钱钱肉"的作用加上这女人的手段，掏空了吴镇长仅有的存货，吴镇长早上头有些晕、走路有些发飘。来到办公室，杨保长和王队长把昨晚的事情从头到尾汇报了一遍，吴镇长一听打了个激灵，一下子重视起来：好家伙！三条人命！大案、要案！常金宝

白马河之恋

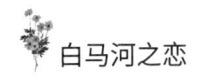

这家伙也太恶毒了，一次害了三条人命。吴镇长当即决定，亲自办理此案。按照惯例，这种人命案子，一旦发现，发案初期联保所、保里、甲里和保安中队只做一些配合，很快就移交给县警察局了。但这次不同：一是自己的下属一下子抓获了一个杀人嫌疑犯，另一个杀人嫌疑犯李桃花线索明确，已张网以待，完全在自己的掌控之中，今日完全有抓获的可能。二是起获的是三具尸体，说明是一起重大刑事案件。他想，案子如能在自己手里很快告破，自己在鲍县长那里就露脸了。哪一天县长高兴了，没准能给自己一个警察局局长当当，比这个破镇长油水大、威风多了。除了这，还有一个不可告人的秘密，就是他觊觎美少妇李桃花已经好久了，一直找不到下手的机会，这一次她落到了他的手里，那还不……他一想都有些兴奋。

他到审讯室，先提审了常金宝，常金宝一问三不知，一脸的无辜，直喊冤枉。他想：这个镇上的强人，在装腔作势、在抵赖、想蒙混过关。你不杀人，那三个人自己死的？自己死怎么能死到你家去？虽然嫌疑人李桃花还没抓获，但他坚信李桃花这么一个弱女子是不会杀人的，她只是从犯，她也没有这个能力，他认为常金宝目前一点不交代、钢口很紧是心存侥幸，必须让他吃一通杀威棒，他才会道出实情来。

吴镇长给王金标把自己的意思一交代，几个团丁把常金宝拉进了刑讯室，绑到了柱子上，皮鞭蘸着盐水一顿猛抽，打得常金宝皮开肉绽，满身是血。王金标边打边审问，常金宝死也不承认自己杀人……

话分两头。这天早上，常金宝家被保安团一围，杂货铺的马志云就站在围观的人群里看究竟，他不知道这家究竟发生了什么事。他和这两口子做邻居，虽然算不上朋友，但平时来往还是比较多的，远亲不如近邻嘛！况且马志云一直心里暗恋着李桃花，对她家的事更是上心。他发现这两口子人不错，做的都是正正经经的生意，也没发现什么偷鸡摸狗杀人越货的事，怎么能惹上官司呢？及至常金宝被五花大绑地从家里押出来，被保安团押走，他才知道出了大事。人群中消息灵通的人，已经得到了确切的消息，口口相传说：常金宝杀了三个人，被杀的这三个人已经被人认出来了，是胡家中药铺的三个伙计，可能这三个伙计和李桃花有染，被常金宝发现起了杀心……

常金宝被抓走后，马志云发现保安团的团丁并没有撤离，守在了常家。一个团丁来他家买香烟，他随口问了一句，团丁说是秘密蹲守，等着李桃花回来自投罗网，见了就抓。团丁意识到说漏了嘴，走时让他嘴闭严，别告诉旁人。

马志云一听，心里就有点着急：毕竟李桃花走时和他见过一面，李桃花说是去古邑县花田镇回娘家看病人，如果她不知道家里发生的事情，今天回来，她一回家就会被抓走的。他觉得自己从道义上抑或从情感上，无论从哪方面考虑，都

白马河之恋

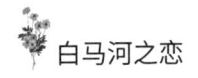

应该帮她一下，除了他无人知道她的去向，他责无旁贷。

主意打定，马志云跟家里人说自己出去进货，骑了一匹快马，向古邑县花田镇急奔而去。

6

马志云一路策马扬鞭，赶在天黑前到达了花田镇。几经周折找到了李桃花家。马志云的到来，令李桃花惊了一跳。马志云一口气把今天早上发生的事情向李桃花讲了一遍，李桃花一家惊呆了。李桃花也把事情的真实情况向马志云简单地讲了一遍，意思是那三个人的死亡完全是一场意外事故，她和常金宝都是清清白白的，他们都不是杀人凶手。只是她怕这三个人的死亡，牵扯上她家，她才让富贵把尸体搬出了她家而已，没想到真的惹来了祸端，让丈夫身陷囹圄。

李桃花的父亲李天佑是清末的秀才，长年深居乡间小镇，一辈子没有考取功名，但却在做生意方面有独特的悟性。他的绸缎庄，字号瑞福祥，是花田镇最大的纺织品买卖。李天佑没有儿子，只生养了两个闺女，大女儿李桃花，二女儿李杏花，两个姑娘一个比一个漂亮。大女儿嫁给常金宝后，李天佑为了养老和有人继承家业，给二女儿招了个上门女婿，这个上门女婿是个外地的读书人，叫陈墨耕，家在陕北榆林，是本镇学堂的教书先生。按本地的乡俗，上门女婿是要改姓岳父家姓的，但李天佑本来就是个读书人，通古博今，开明豁达，坚决不同意女婿改姓，即使陈墨耕先生同意跟岳父姓李，他也不愿意。他私下跟本家人说，陈墨耕是有学问的人，他要给陈墨耕先生足够的尊严和尊重——只要他能给予的。

白马河之恋

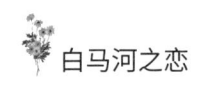

李天佑的胸怀让陈墨耕对岳父除了感激以外多了一份崇敬，对他开朗大度、不落俗套的人品更是刮目相看。

马志云百里之外不辞劳顿前来报信，李桃花及全家人特别感激，李桃花的父母、妹妹、妹夫全家作陪，好酒好菜款待了马志云。

李桃花听了常金宝被抓的情况后，决定要随马志云回去，说不用他们抓，自己自投罗网，她要回去找镇长吴孝贤说明事情真相，救出常金宝。马志云极力相劝，他说："我就怕你冒里冒失闯回去才来报信的，你回去是飞蛾扑火呀！你不但救不了常金宝，自己也会被抓无疑。保安团的人就住在你家，张网以待，你明知就里，却硬往里闯，那不是愚蠢吗？！你如果回去，结局和常金宝是一样的，身陷囹圄，自取其辱，何苦呢？你认为那些官差都是明辨是非的清官吗？"

妹夫陈墨耕对李桃花说：你说的事件发生的经过，我听明白了：从胡家中药铺的三个伙计来到你家开始，到乞丐富贵走进你家之前这十几个小时，发生的所有事情，你是唯一的亲历者，就连常金宝也不知情，事件的另外三个当事人已经死亡了，死无对证，所以你讲的所有情况，只是你的一面之词，别人有权利怀疑你。如果没有第三方佐证，完全可以不采信。所以断案的法官的个人意见就很重要，可以采信你的全部供词，宣布这是一个意外事件，你和姐夫都无罪。另外一种情况就对你们很不利，法官也可以认为你说的都是避重就轻的逃脱之词。他可以以有罪推定事件为一起故意杀人案。动机是：常金宝回家，发现妻子和三个男人喝酒，怀疑妻子和这些男人有不正当男女关系，遂动了杀机。作案过程：常金宝练过武，力大无穷，以他的武力威胁，硬把这三个人塞进了炕洞，用木板堵死炕洞，在灶膛里烧火，熏死了三个人。第二天早上，自己因害怕躲了出去，由妻子李桃花叫人帮忙抛尸灭迹……如果是这样推断，动机有了，作案过程推理得合情合理，那么这就是一起故意杀人案。按现行法律，姐和姐夫是合谋杀人，虽然有主有次，但因案情重大，都会被判处死刑的。

父亲李天佑认为，法官采信利害当事人口供的可能性不大，他们会依据事件最终结果下结论，认为常金宝和李桃花是有武力的、强势的一方，证词更不可取。所以，桃花即使回去申辩，被还以清白的可能性不大。

商量的结果是，李桃花不能回去，也不能住在娘家，警察等不到李桃花回来，很容易想到她躲在了娘家，随时会赶来抓人的，所以她明天必须另找一个地方，先躲藏起来，后面看情况再说。

第二天，马志云骑马回泾北镇去了，说有什么情况会随时来报信。李桃花被父亲送到山里一个远房亲戚家躲了起来。

两天后，泾北镇保安中队的六匹快马，在队长王金标的带领下，突然摸到了花田镇的李桃花娘家，把李家和他们的绸缎庄都搜了个遍，非要他们交出李桃花不可。李天佑一口咬定，李桃花回来过，但探望完母亲，第二天就回泾北镇了。

白马河之恋

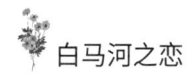

王金标没有搜到人，便威胁李家人说："李桃花是杀人犯，窝藏杀人犯也是犯法的行为，会吃官司的。"让李家发现了就劝她自首，争取宽大处理。威胁完了就带人返回了泾北镇。

7

　　泾北镇上这两天最大的新闻就是杀人案，主角是骟匠常金宝。坊间传说的版本是：胡家中药铺的三个伙计，和镇上的美少妇李桃花有染，被李桃花的丈夫、骟匠常金宝发现了，常金宝强迫李桃花把这三个人约到他家喝酒，他把这三个人灌醉后给骟了，然后填到炕洞给烧了。

　　李桃花藏身的地方叫孙家沟，位于陕、甘两省的交界处，是一个只有十几户人的小村庄。村庄周围的山上全是槐树林，村子位于山脚下，村外的川道里却儿长满了杏树，整个村庄被杏树林包围着。每年春天杏树开花时，整个川道里一片粉白，落英缤纷、芳香四溢，宛如人间仙境。一条小河从村外流过，在村子里就能听到小河哗哗哗的流水声。村外不远处的悬崖下，有一眼山泉一年四季涌出甘甜的泉水，泉水在悬崖下聚成一潭，是这个村唯一的水源，也是这个村落形成的原因。潭的周围是一片沼泽，沼泽里长满了竹子，经过多年的繁衍，竹林遮天蔽日、郁郁苍苍。竹根处常有竹笋露出地面，牛角似的向上挺着，像大地竖起的耳朵，聆听着外面世界的声音。

　　她落脚的这家主人姓孙，叫孙杏林，是一个乡村郎中，闲时看病，忙时务农，亦农亦医。孙杏林是李天佑的表兄，所以李桃花叫他表叔。孙家家境殷实，是村里的大户。他家算是一座山庄，院子很大，一字排开有十多孔宽大的窑洞，

白马河之恋

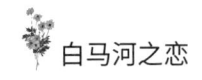

窑洞被高高的围墙圈成一个很大的院落。一进大门第一孔窑洞为诊室，第二孔窑洞为药房，第三、第四孔窑洞为患者临时休息处，其他几孔为孙家老小、主仆居住的地方。孙郎中不轻易出诊，找他看病的大部分是周围居住的山民，都是上门到他家来看病的。孙杏林的医术是祖传的，已传了三辈，从他爷爷起就是方圆百里的名医，他家不但医术承传，就连收费方式也传了下来——山民被治愈了病，有钱给钱，没钱只要在孙家周围栽棵杏树就抵了，轻症栽一棵树，大病、重病栽三五棵。三代人下来，孙家门前的杏树先成片、后成林，杏林沿着小河一直向前延伸着，枝繁叶茂遮天蔽日，密密层层一眼望不到边。

刚一到这里，李桃花还不适应这里寂静的生活，觉得度日如年，及至她主动要求在药房里帮忙干一些清洗、晾晒、切片、炮制等力所能及的活，她才稍微安心一些。

李桃花人在这里，心一直在惦记着泾北镇上的常金宝。她心有不甘，一直有个幻想：她如果回去说明情况，常金宝就会被释放。这天，她对表叔说，她明天想去离这里最近的永乐镇上买些日用品。表叔说镇上人多眼杂，还是不要去为好，以防有什么闪失，如果要买什么东西，写个单子，让伙计栓子去买。桃花说都是些女人的用品，怕栓子不会买，执意要去。表叔说，那你去时小心着些，快去快回。

第二天李桃花起了个大早，走了几里山路赶到永乐镇，在马车行雇了辆车，径直回了泾北镇。

泾北镇联保主任吴孝贤做梦也没想到，自己这两天派人四处抓捕的李桃花，在这天下午，会突然出现在镇联保处他的办公室里。他一下子有些惊愕、有些慌乱，也有些措手不及，但只是几秒钟而已，他毕竟是个经过风雨的江湖老手，很快稳住了阵脚。李桃花一见吴孝贤就对她说：吴主任，我冤枉，我请你给我几分钟时间，让我告诉你"死人事件"的真相，不是你们想象的那样！

吴孝贤从一见面的慌乱中已经镇定下来，他指了指一把椅子，让李桃花坐下来，换了一副很勉强的笑脸说："怎么冤枉你了？你说！"李桃花不慌不忙地把那天发生的事件的真相一五一十、从头到尾地讲了一遍……

吴孝贤听完了，说，你这一通说辞，经不起推敲。谁能证明你说的都是实情？常金宝杀人、你抛尸，已经侦查得清清楚楚，他本人已经交代了，三个人都是他杀的，他已经在口供上按了手印，不是你的一句话就能推掉的。他这几天就要被移送警察局，这么大的案子，被判死刑是肯定的。你作为同案犯，抓还是不抓、移送还是不移送，这我说了算。刚才你一进来，我第一反应就是喊人来抓你。现在通过和你的交谈，我改主意了，我想给你一个机会，让你选择你自己的路。我现在放你走，你傍晚去东街的客来投旅店101房间找我，我把办案的几个同僚约来，你把你今天跟我说的话再跟他们说一遍，我们再商量一下，也许会给你和常金宝一条生路的。但我也告诫你，你不要跑，你也跑不到哪儿去，你必须按我

白马河之恋

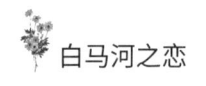

的意思去做，否则你们只有死路一条，真的再没机会了。

　　李桃花离开联保处，找到马志云，马志云吓了一跳，说你胆子也太大了，人家四处抓你，你还敢去找吴孝贤。李桃花把找吴孝贤的情况跟马志云学了一遍，说营救常金宝还是有一丝希望的，吴孝贤态度已有所改变，傍晚约她跟办案子的其他人陈述事件的经过。马志云说这可能就是个圈套，你就不要去了，也许这是吴孝贤这个老狐狸在打你的主意哩。李桃花说如果不是你说的那样呢？不去我就失去了一次救出金宝的机会了。马志云说如果你执意要去，我在客来投旅店门口守着，你进去看四下不对，赶快出来，我把你送走。李桃花说行。

　　傍晚，李桃花去了客来投旅店101房间，只有吴孝贤一个人在等她。客房是个套房，一厅一卧室，厅里的八仙桌上摆着几样下酒菜。她问吴孝贤其他人怎么没来，吴孝贤说没有其他人，就咱俩个，你陪我喝酒，酒喝好了，你顺了我的意，你这事我说咋办就咋办。

　　李桃花一看这架势，就知道吴孝贤没安好心，没打算说案子，只想乘人之危占自己的便宜，便说我喝不了酒，你自己慢慢喝吧，说着起身就往外走。

　　吴孝贤过来拦着她，趁势就把她搂在了怀里，说美人儿，都说你是泾北镇的镇花，我还不信，今天早上一见面我就喜欢上你了，只要你把我伺候舒服了，你的事好说。边说边把她拉进了卧室。李桃花没有回答他，只是强烈地反抗着。吴孝贤以为李桃花的沉默是心有所动，便采取了进一步的行动。他是风月场上的老手，女人在上床前的这种反应，他以前也遇到过，他想：女人嘛，脸皮都薄，总会顾及自己的脸面，反抗只是一种姿态，一种矜持，不反抗倒显得自己很随便，当她半推半就地尝到男人甜头的时候，你要停下来她都不干。李桃花被吴孝贤压在身下，她身单力薄，被他压得动弹不得，她想跑都跑不了。吴孝贤以为这女人的假意反抗已经结束了，心里已答应了他的要求，便开始脱了自己的衣裤，又伸手扒李桃花的衣服。李桃花推也推不开他。眼看着吴孝贤就要得逞，她便从衣服中取出自己防身的小骟刀，用嘴拔开刀鞘，一刀刺在了吴孝贤的臀部。吴孝贤惨叫一声松开了她，李桃花起身夺门而出。出了旅店的大门，看见马志云正牵了两匹马在不远处等候，她跑过去飞身上马，两人向永乐镇奔去。

白马河之恋

8

李桃花离开泾北镇，马志云直接把她送到孙家沟村口后才返回去。回到孙家时，天已很晚，表叔孙杏林正在家里急得团团转。一见她平安回来了才放下心来。她解释说上次来得匆忙，有些要紧东西落在娘家了，她在镇上雇了辆车，回去取了一趟。孙杏林说，咱家就有车，你雇车干啥？李桃花讷讷地说，到了镇上才想起的。解释了半天才搪塞了过去。孙杏林气呼呼地说，你爸放心我才把你安顿在我这里，出了事我怎么向你爸交代，以后有事一定要提前告诉我，别让我担心，李桃花抱歉地说一定。

这次李桃花去泾北镇，她去见了吴孝贤，也讲出了事情的实情原委，照样没能救出常金宝，差一点自己还惨遭凌辱，险些被抓，她对这些官员的清正已经失去了信心，对吴孝贤之流的昏庸已深信不疑。她已经深知自己在泾北镇已无落脚之地了，所以就踏踏实实地在孙家沟住了下来。

李桃花是高小文化，在孙杏林的药房中很快就显露出与众不同的才华，她思维敏捷，记忆力很强，几个月下来，她认识了上百种中草药。她跟着伙计张栓子清洗、晾晒、加工、炮制药材，张栓子跟着孙杏林干了半辈子，虽然不看病，但对每种药材的药性、采收、加工了如指掌。李桃花每天把了解到的知识都做了笔记，积累了大量的中药材知识。她的字写得很清秀，孙杏林看了赞不绝口，索性把药房的记账、写药名、写药签等事务都交给了她。

孙杏林看李桃花对岐黄之术有悟性，也就有意栽培她，把自己多年秘不示人的医书、医方、秘方拿出来给她看，李桃花越看越上瘾，竟然钻研了进去。平时来了一些较轻的病人，孙杏林在旁边看着，让李桃花上手问病开药方，竟然药到病除，看好了许多病人。后来，孙杏林开始向病人介绍说，李桃花是他新收的弟子，开始带着她行医看病，常常是李桃花开了药方，孙杏林看后，点头首肯再抓药看病，竟然也看好了好多病人。李桃花的医术在病人中渐渐有了一些名气……

吴孝贤唆使王金标和团丁把常金宝屈打成招后，趁其昏迷，拉着他的手，在口供上按了手印。吴孝贤原计划办一个囫囵的大案，等抓住李桃花后一起移送，但李桃花一直没有抓获。这次李桃花送上门来，却因为自己一时色迷心窍，没有告诉任何人，没逮住狐狸却惹了一身臊，让其逃脱了，逃脱了不说，自己还白白挨了一刀。挨了这一刀还不能声张，哑巴吃黄连，有苦说不出，吴孝贤肠子都悔青了，也对这个案子失去了当初的兴趣，只想着快点交出去。

吴孝贤和县警察局联系好，第二天就打发王金标带了四个团丁，坐马车押送常金宝去县警察局。泾北镇到县城有三十里路，中间还要乘船过泾河才能到县城。中午时分，一行人赶到泾河红石咀渡口，已经能看见河对面的县城了，马车过不了河，就在渡口下车乘船。

白马河之恋

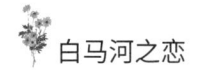

红石咀渡口是泾北原通往县城的必经之路，渡口有一艘能坐五十人左右的木船，每天来往于泾河两岸运送行人。泾河流到了这里，水量很充沛，尤其在丰水期，河面最宽时有一百多米，在枯水期也有五六十米。河水在这里流速很快，冲力很大，船家为了防止船被冲到下游去，在泾河南北之间，固定了一根很粗的钢索，船头上有根粗钢管始终卡在钢索上，艄公将撑杆点入水中一使劲，船就慢慢地沿着钢索的走向向对面驶去。

常金宝下了马车后，因为要上、下船，还要走路进县城，脚镣已经被去掉，只是手被反剪着。他们一行人上了船，船上有四五十个乘船人，船吃水很深，也很沉，几个艄公将撑杆点入水中，很吃力地将船驶离了河岸。就在船驶离河岸一两米时，常金宝突然发力挣脱束缚，飞身跳上了岸，直奔树荫下一群等客的马帮，夺过一匹马，骑上就飞奔而去。王金标他们被这突如其来的变故弄懵了，等反应过来，让艄公停住船时，沉重的船体，在惯性的作用下已离开岸边十几米远了。王金标端起枪，瞄准常金宝开了几枪，都没打中。等船再开回去时，常金宝已跑得无影无踪了。

常金宝骑了马，一路狂奔，到了亭口镇，看没有人来追，才歇了下来。由于骑马目标太大，容易引起军警的盘查，他在镇上卖掉马，换了些盘缠，搭了一辆过往商旅的马车一直向西，逃离陕西地界，到达甘肃临泾县一个叫油坊镇的地方停了下来。

油坊镇镇如其名,一条两百米长的小街上,光榨油的油坊就五六家,站在小街上,一股生菜籽油的味道飘得满街都是。街上有几家饭馆、旅店、杂货铺、药店等,常金宝找了家饭馆吃了饭,找了一家旅店先歇息下来。

常金宝化名陈璞石,在一家油坊当起了伙计。常金宝(该叫陈璞石了)身大力不亏,油坊里都是力气活,每一个工序,他练习几天,就很快适应了,深得油坊掌柜和师傅们的喜欢。师傅们和他拉起话,问他因何事流落到甘肃来的,他说是受了坏人诱惑赌博,欠了赌债,被人追杀,跑到这里来躲债的。师傅们一听他的遭遇都很同情,所以生活上给了他更多的照顾。

陈璞石不敢回老家,在油坊当伙计也不是长久之计。这年冬季,陇平行署来油坊镇招兵,陈璞石在招兵现场打了一套少林拳,一眼被招兵的行署独立团团长赵长河看中,便被招去陇平行署当了兵,离开了油坊镇。

常金宝逃跑以后,镇长兼联保主任吴孝贤慌了神——人命关天的大案子,在自己手里把罪犯给跑了,这还了得?他把王金标及几个押送的团丁叫来,劈头盖脸地一人给了几巴掌才解了气。气归气,这件事得妥善地解决了,否则他们这拨人得吃不了兜着走。苦思冥想后,吴孝贤有了主意:他让王金标和几个团丁一口咬死,说常金宝乘船过河时,畏罪跳河而逃,被当场击毙于泾河中死亡,尸体随河水冲走已无下落。并让每人写了经过,按了手印,和整个案件材料一并报送给县警察局。

不久,警察局在泾北镇出了告示,全文如下:泾北镇泾

白马河之恋

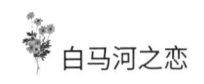

北保人常金宝，伙同其妻李桃花，于×年×月×日，因男女感情纠葛，设计杀死本镇人张铁头、李三顺、王七斤三人。作案后，抛尸灭迹，被人发现举报。主犯常金宝被保安团当即捉拿归案，归案后常金宝对杀人灭迹供认不讳。常金宝在押往县警察局途中，乘船过河时，畏罪跳河而逃，被当场击毙于泾河中死亡，尸体随河水冲走查无下落。罪犯常金宝已亡，将不再追究其刑事责任，其妻李桃花负案在逃，将继续捉拿，待归案后追究其刑事责任。其夫妻所有财产已被查封，不日拍卖后将对案件中受害人的亲人进行民事赔偿。落款为：泾河县警察局×年×月×日。

马志云在镇联保处门口看完告示后，当日骑马去了孙家沟，把公告中的内容告诉了李桃花。李桃花听了常金宝的死讯，哭得死去活来，直说是自己害死了常金宝。孙杏林一家也陪着李桃花流了很多眼泪，嘱咐她节哀顺变。

有一天夜里，孙家人都休息了，突然一阵急促的敲门声把所有人都惊醒了。张栓子打开门，来了七八个庄户人打扮的山民，抬进来两个受了伤的人。孙杏林认识他们，知道是山上的土匪，其中一个伤者还是土匪头目。孙杏林和李桃花赶快给伤者止血。孙杏林检查发现，两人受的是枪伤，子弹还在体内，必须赶快做手术取出子弹。他先给伤者进行麻醉，然后用他家祖传的剜刀，从伤者身上取出了弹头，然后清创、缝合、上药。第二天早上，头目醒来后，自己介绍说姓阎，手下都叫他阎掌柜。他对两个大夫的救命之恩千恩万谢，然后留下银圆就要走。孙杏林劝阻说，你们二人，伤还是比较重的，每天必须换药，否则伤口会感染。于是阎掌柜便留在了孙家养伤。每日李桃花给阎掌柜他们换药时，发现阎掌柜这个人对人态度和蔼，举止温文尔雅，真不像个土匪，倒像个读书人。每天除吃饭、睡觉，基本书不离手，看的都是《孙子兵法》《三国演义》《太公六韬》《虎钤经》等古代兵书。当然也有一本甲戌本的《脂砚斋重评石头记》，这是《红楼梦》的早期读本，书已经翻得很旧了，能看出阎掌柜读书涉猎很广。

　　李桃花有时换完药，没事了也顺手翻翻阎掌柜的书，阎掌柜看见了很高兴。当他了解到李桃花也是高小毕业，文化程度不低时，就让手下人从口袋里取出更多的书让李桃花来挑。和阎掌柜熟稔后，他主动告诉李桃花，自己落草前是农家子弟，祖祖辈辈都是庄稼人，高小毕业后，被抽去做壮丁，正想在军队干出一些名堂时，家里出了变故，父母和妹妹被人杀害，他闻讯后赶回家，杀了仇人，被官家捉拿，才上了子午岭落草为寇的。当他了解到李桃花也是落难之人，是孙大夫的干女儿，因丈夫去世来投奔孙大夫的，他因此言语间对李桃花多了几分同情。

　　阎掌柜伤口好得差不多时离开了，他离开时把自己的一些文学书留给了李桃花，由于整天聊天，熟悉了，走时两人还有点依依不舍。他告诉李桃花，有什么困难时，可以到永乐镇王老二大车店找他。

白马河之恋

9

　　陈璞石（常金宝）在陇平当兵已经一年多了。陇平驻军是西北地方军阀的一个师，师长为梁栋，他所在的独立团团长为赵长河。陈璞石当兵一年来，梁部一直在与西北军开战，西北军要开赴河州，陇平之战是绕不过去的一仗。一年来，双方战战停停互有胜负，陈璞石因为打仗奋勇，被团长赵长河提拔为一营营长。一营负责陇平县城的防务。陇平县人口众多，比较富裕，街市繁华，城防坚固，是梁部经营多年的大本营，西北军多次攻打陇平县城，均被陈璞石他们组织的守城部队打退。这年的冬天，梁部三团驻防的庄宁县，被西北军攻陷，团长阵亡。梁师长命令独立团、一团、二团组成反攻部队，对被占领的庄宁县形成包围，经过三天三夜的激战，庄宁县重新被夺回，师部命令独立团留守庄宁县，陈璞石因攻城有功，被提拔为团副，协助团长赵长河守城。第二年春天，西北军组织了更具优势的兵力进攻陇平县，陇平县守军坚守五天后，眼看着要被破城，师部命令独立团前去增援，在途中增援部队中了敌人的埋伏，部队被打垮，陈璞石只带了几个亲兵，突出重围，捡了一条性命。在同一时间，陇平县县城也被西北军攻陷，一时间西北军势如破竹，全部占领了梁部所守八县。师长梁栋在破城后被流弹击中而亡，整个梁部被击溃。

陈璞石离开战场后，无处可去，他又回到了当年做工的临泾县油坊镇，在马尕娃家休养了一些日子。在部队这几年，他手里也有了一些积蓄，马尕娃帮助他在临泾县城置了一座独院，他便在临泾县安了家。

在临泾县，他通过马尕娃的亲戚，认识了当地帮会头子韩大林。韩大林本是练武出身，通过几次武艺切磋，知道陈璞石的武艺在自己之上，遂有意邀请他入会，陈璞石都婉言谢绝了。韩大林也不勉强。陈璞石想：自己堂堂一个正规军的团副，虽然离开了军队，也不至于和一帮乌合之众搅混在一起。回来后又一想，韩大林比自己年龄大，注重江湖义气，又有几百人的帮会会员，自己一旦再图大业，那是一股不可小觑的力量。因此，在一次喝酒后，俩人磕头结拜为兄弟，陈璞石也答应韩大林做帮会的编外教头，有空教习帮会会员武术。

在临泾县赋闲的日子，陈璞石过得比较滋润。前几年在部队时，他把积蓄的一些钱财一有空就送到马尕娃家寄存，以防将来有什么变故，果然不出他所料，这些积蓄现在派上了用场。现在，他每天衣食无忧，日子过得优哉游哉，不是找人喝喝茶、聊聊天，就是找个场子看一场秦腔戏或听几段书，或者找个牌局打几圈，日子在风平浪静中过得很惬意。唯一的烦恼，就是在夜深人静时对泾北镇那个家的思念。

经过这么多年，陈璞石（常金宝）对李桃花是一种复杂的情感。在他理性时，他是恨李桃花的。是她不顾廉耻、杨

白马河之恋

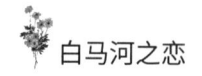

花水性、不守妇道，在他不在家时，勾引了那几个奸佞小人、无耻之徒，喝酒淫乱，惹出了人命官司，让自己蒙羞的同时，落得身陷囹圄，受尽了皮肉之苦，死里逃生，亡命天涯。几年后，自己仍然不知道那几个人是怎么死在自己家的。是她亲手毁了那个家，他恨她恨得要命。有时，孤独时，又觉得自己在军队中这么多年，打打杀杀，打过多少仗，死过多少人，身边多少人一夜之间阴阳两隔，庆幸自己能活着，每天能呼吸着新鲜空气，晒着太阳，受过的那些委屈又算得了什么呢？他有时想把那些不愉快全部忘记，甚至想原谅李桃花所有的过错，只要她平平安安的。他不知道李桃花现在身在何处，过得怎么样？

有一次，在茶馆喝茶时，他遇到了一位来自泾河县的生意人，他借口是常金宝的远方亲戚，打听常金宝的事。那位客商说，你那个亲戚当年就殁了。他说，当年自己在警察局门口看过告示，常金宝在押往县警察局途中，乘船过河时跳河而逃，被当场打死在泾河里了，尸体最后都没找着。他老婆也逃命去了，他家被查封后拍卖了，变卖的钱掩埋了那几个死人后，剩下的给那三家赔了命价。这个客商不停地絮叨，大赞常金宝的血性，说他一次杀了三个宵小之徒，不愧为大丈夫。同时又替常金宝惋惜，说常金宝这一辈子可惜了，虽然娶了个泾北镇拔尖尖的媳妇，谁知道这贱人是古代潘金莲式的人物，红颜祸水呀……陈璞石打听到这些，他知道泾北镇再也回不去了。

这年的春节前,经马尕娃介绍,他和马尕娃的堂妹马翠翠结了婚,第二年生了一个白白胖胖的儿子,一家人老婆、儿子热炕头,小日子过得其乐融融。

临泾县吃喝玩乐的地方就那么几个,吃喝玩乐的人来回就那么几个人,非富即贵。在这些人中间,就有临泾县民团司令胡得贵。胡得贵仗着手里有几杆枪,在县城里飞扬跋扈,为所欲为,欺男霸女,人皆畏惧。有一次,陈璞石正在牌场上玩麻将,忽然,所有的牌友都突然停下手来,纷纷站起来迎接一位贵人,这个人就是临泾县民团司令胡得贵。只有陈璞石坐着没动,他想,我管他是谁,我又不认识他。谁知胡得贵坐下后,势大得很,把谁都不往眼里放,鼻孔朝上,斜睨着陈璞石,鼻子不是鼻子,脸不是脸。熟人向胡得贵介绍说这是陈璞石陈团长,胡得贵爱搭不理地说:"知道,一个油坊伙计,给谁当团长!团在哪里?"陈璞石一看话不投机,便推倒麻将,拂袖而去。从此俩人便在多个场合,互相贬损对方,结为仇敌。陈璞石虽然无一兵一卒,但当过副团长的他,常常对胡得贵的挑衅以牙还牙,从不退让和屈服。胡得贵骄横惯了,气得牙齿痒痒。

陕军刘占才部为扩大地盘,袭扰临泾县城,大军压境,胡得贵一看情况不妙,率团弃城而逃。陈璞石约了几个跟自己习武的帮会的兄弟,在刘占才部列队入城之际,突然关闭城门,用帮会做礼仪用的土炮,向刘占才部队袭击。刘占才部队进城时没有遇到任何抵抗,本身心中生疑,怕对方使"空

白马河之恋

城计"来个关门打狗，突然炮声响起，以为中了埋伏，士兵争先恐后地向城外撤退，兵败如山倒，一路逃回陕西境内。

临泾县城这一次免遭兵燹侵扰，城里的百姓对陈璞石的胆略交口称赞，对胡德贵弃城而逃的行径嗤之以鼻。胡德贵的民团回城后，遭万人唾骂，处境十分尴尬。加之又听到陈璞石在兵退后，在大庭广众之中，有贬低自己，蔑视民团的言论，胡德贵遂恼羞成怒，决心除掉陈璞石，一解心头之恨。有人给陈璞石通风报信后，陈璞石逃走，胡德贵遂把陈璞石的妻子马翠翠和幼子以及岳父一家人关押起来，扬言等抓住陈璞石才放人。陈璞石听到后，对天发誓："有朝一日必除胡贼！"

陈璞石逃到甘宁交界的甜水堡，在一个贩子那里买了几杆毛瑟枪，偷偷潜回临泾县，约了义兄韩大林及帮会十几个弟兄，在甜水堡揭竿举事，号称"陇平义军混成团"，自任团长，韩大林任团副。

他们从起事那天起，抢豪绅，出没于北山地区。翌年初，北山地区荒旱连年，赤地千里，迭遭饥馑，饿殍遍野，再加上官吏反复抽丁纳粮，人心浮动，反抗情绪十分高涨。陇平义军遂以"打豪绅、济饥贫"为口号，饥民百姓、散兵游勇一呼百应，踊跃入伙。入伙的百姓呼呼啦啦，有时一个村来一连人、一个乡来一团人，几个月下来队伍人数过万。为解决部队给养，陈璞石率众攻城略地，连下四县。其中黄台县是临泾县的邻县，义军打下黄台县后，陈璞石给临泾县县长魏存功修书一封，言明义军已打下四座县城，打下临泾县如探囊取物，易如反掌，念自己多年客居在此，视此地为故乡，不愿乡亲父老生灵涂炭云云，希望魏存功献城投降，可立功受奖，共图大业。

临泾县县长魏存功收到劝降信后，想了一夜，第二天早上，以商量防务为借口，把民团司令胡得贵叫来。胡得贵一进县政府大门，提前布置好的警察就将他五花大绑，押往密室。随后魏县长让警察把陈璞石的妻子马翠翠和幼子，以及岳父一家人从民团羁押室救出。当日，魏县长带着几辆马车，载着自己一家人、陈璞石一家人和五花大绑的胡得贵，来到黄台县，向陈璞石投降。陈璞石安置好魏县长一行及家人后，没有审问胡得贵，安排胡得贵吃完人生最后一餐后，直接活埋了事。三天后，陈璞石义军和平进驻临泾县城，宣布魏存功仍担任临泾县县长。

拿下五个县城后，义军兵力猛增，成为一支战斗力很强的地方武装。陈璞石遂将义军改编为"陇平义军混成旅"，自任旅长，韩大林任参谋长，下编五个团及两个直属连，军威大振。

白马河之恋

10

孙家沟被土匪抢了。

这是一伙流寇，操西路口音，和本地土匪的做法完全不一样，根本不按套路出牌。深夜突然而至，对各个村的富户，无论什么职业、干什么行当，一律无差别抢劫。孙杏林和张栓子稍作反抗，即被杀害。悲痛欲绝的李桃花，陪着干妈孙白氏，在乡亲们的帮助下，草草地埋葬了孙杏林、张栓子主仆。然后，李桃花把家破人亡的孙白氏送到了花田镇她娘家暂时住了下来。李桃花昼伏夜出地在娘家待了几天后，实在想不出安身之处，便想起以前在孙家养伤的阎掌柜，他说过："有什么困难时，可以到永乐镇王老二大车店找他。"李桃花雇车来到永乐镇，在王老二大车店住了两天，阎掌柜便派人把她接上了山。

阎掌柜不是别人，正是子午岭上的土匪头目阎三豹，江湖人称阎三爷。阎三爷的人马，对外号称是替天行道的"龙旗军"，有两百多人，阎三豹自称司令。李桃花上了卧龙山，进了卧龙寨，把孙杏林家家破人亡的遭遇告诉了阎三豹。阎三豹说，那一伙人是从陇山上下来的小股土匪，有百十号人。陇山连年大旱，土匪筹不到粮食，连路上饿毙了的人的大腿，都切取煮食了，所以这伙人已经变成了饿红眼的狼，出陇山后，为一口吃食，见人就抢，见人就杀。这伙人离开孙家沟后，在北宁县抢劫时，被保安团包围彻底剿灭了。

阎三豹让李桃花安心在卧龙寨住下，没事可以看看书，给兄弟们治治病。但李桃花说，自己既然上了山，就是山上一员，她练骑马，练打枪，兄弟们下山"做活"她也参与，很快和山上的兄弟们打成了一片。在她的刻苦练习下，她的作战技能提高很快，山寨一般男人都不是她的对手，李桃花也因此积累了威望。半年后，阎三豹宣布，李桃花为龙旗军的参谋长，坐卧龙寨第三把交椅。不久，李桃花和阎三豹拜堂成亲，李桃花成了名正言顺的压寨夫人。

一天，阎三豹和二当家黑龙带着二十多个兄弟去河东镇做活，受了重伤，回到山上，第二天开始发烧不止，表现出肺部感染的症状，三天后不治身亡。卧龙寨全体弟兄披麻戴孝，祭奠阎司令。根据他生前的遗愿，将他埋在了卧龙寨桃花坞。二当家黑龙伤势较重，被抬到现场，宣布李桃花从即日起为龙旗军司令，即卧龙寨的大掌柜。

李桃花自小熟读《三国演义》《水浒传》等古代名著，她懂得盗亦有道的江湖规矩。她当了卧龙寨的大掌柜后，重新宣布了山上的规矩，要求卧龙寨的人只允许抢劫达官显贵、财主土豪，不准欺负贫苦百姓。而且，她即便打劫富豪，也从不将其家产洗劫一空，总给人家留下部分赖以为生的钱财，留下一条活路。劫取的钱财，她有时在回山的路上，就送给了碰到的鳏寡孤独和穷人，被接济的人感激涕零，称见到了活菩萨。

白马河之恋

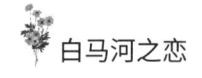

中原战争爆发，西北军主力东调，陇平行署留守力量薄弱，陈璞石借机打下了陇平行署，收编了陇平所有武装，组成第一师，陈璞石任师长兼陇平行署行政长官，韩大林为参谋长，师部驻地为陇平城。自此，陈璞石掌握了陇平地区的政权，重新委任了各县行政官员，分兵驻守各地要塞，成为一方要员。

在常人看来，陈璞石从一介草民，几年间变成了号令一方的达官显贵，已经算是功成名就了，其实他内心并没有多少成功的喜悦。他有时很自卑，自卑到觉得自己不如一个普通的士兵。普通的士兵起码能大声地告诉别人，自己姓什么叫什么，家乡是某州某县某乡某村，他自己能吗？现在的成功，是陈璞石的成功，陈璞石是谁？陈璞石何方人氏？祖宗是谁？陈璞石是一株无根的草，陈璞石的成功跟自己——常金宝又有什么关系呢？常金宝想，自己离开泾北镇已经十几年了，泾北镇的乡亲已经把他这个人忘记了，在他们的心里，常金宝这个人臭名昭著，是背了三条人命的杀人恶魔，早已被政府正法，不在人世。自己再也不能回到泾北镇，这一点，每每想起来他就心里隐隐作痛。但自己的好与坏，最起码有一个人能说得清；自己的生与死、成功与否，有一个人应该是很在乎的。就是——李桃花。

自从有了去见李桃花的想法，陈璞石的心情越来越急切：怎么去？和谁去？以什么身份去？怎么才能找到李桃花？从自己目前掌握的情况来看，李桃花肯定不在泾北镇，她的行踪如果有人知道，最有可能是她的父母，因为李桃花是个孝顺的姑娘，这么多年肯定和她父母有联系。要找到她，唯一有效的途径就是去古邑县花田镇她娘家……

"去古邑县花田镇找李桃花。"经过半年多的深思熟虑和内心斗争，他终于下了决心。

春天的一个早晨，陈璞石带了几个随从和警卫，搞了一辆胶轮马车，奔古邑县而去。

常金宝（陈璞石）叩开李天佑家的大门，开门的李天佑一刹那间竟没有认出他，顺口问了一句："你——找谁？"常金宝看着头发花白、明显变老的岳父，有些哽咽，摘掉头上的礼帽，先举了一躬，眼里噙着泪花说："姨夫，我是金宝！"（古邑县的习俗把岳父称姨夫）李天佑一听吓了一跳，以为自己耳朵听错了，惊得向后退了几步，差点摔了个趔趄。常金宝赶上一步，扶住他。"金宝？！——金宝？！——你真是金宝？！"老人目不转睛地打量着他，对着屋里喊："杏花——杏花——你看谁来了！"李杏花和母亲应声跑了出来。李杏花到底年轻，一眼认出了常金宝，惊叫："姐夫！——是你吗，姐夫？你活着？！——你没死？！"常金宝流着眼泪不停地点着头。"我没死！我活着！"杏花的母亲一把拉住常金宝的手，泪流满面。"我娃回来就好！我娃没事就好！"李天佑警惕地赶忙关上院子大门说："屋里说话，进屋里说话。"

一家人进了屋，常金宝和岳父脱鞋上炕，坐着拉话，李杏花和母亲在厨间收拾饭菜。不一会儿，妹夫陈墨耕也从学校回了家，两个连襟亲热相见，自不必说。饭菜上了桌，一

白马河之恋

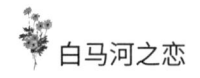

家人悲喜交加地吃了劫后余生的第一顿饭，每个人心里都噎卡卡的。善于揣摩人心的陈墨耕，知道常金宝心里有一大堆疑问，急需知道真相，便在饭后替李桃花完整地讲述了当年发生在常金宝家的离奇事件的经过……

常金宝对陈墨耕的人品历来敬重，对他的话当然深信不疑。陈墨耕的讲述，解除了常金宝这么多年来存在脑海里的疑惑。常金宝觉得自己错怪了李桃花，他急切地问李桃花现在在哪里？李天佑说：你逃走后，警察局的通报上说，你当场被打死在泾河中了，桃花和咱们全家都以为你遇难了。不但如此，泾北镇的吴孝贤和泾河县警察局还成天派人来抓桃花，桃花在家里待不住，就去了孙家沟我表兄家躲藏。祸不单行，孙家沟我表兄家被土匪抢了，表兄被土匪杀害了，桃花将干妈送到这里后，就失踪了。

吃完饭，常金宝说在古邑县还有些事情要办，便坐着等候着他的马车告辞了。他告诉李天佑一家人，明天他还会来家里一趟，他从甘肃给老人带来的一些礼品，由于不知道家里的情况，来时没带来，明天专程送过来。

第二天傍晚时分，常金宝才来到李家。他很歉意地跟岳父解释说，他怕白天来遇到了熟人，给岳父家带来麻烦，所以这么晚才来。常金宝给岳父家带来三口袋粮食，李天佑扫了一眼，这种口袋是装四斗粮食的棉线口袋，一口袋粮食大约有一百六十斤重。等卸粮的人走后，他告诉岳父：我知道你不缺小麦，我给你带来的这三个口袋，两个口袋里是宁夏大米,另一个口袋里是银圆,是孝敬二老的。我现在这情况,不能在二老跟前尽孝,只能多送些钱,聊表心意,尽孝的事只能有劳墨耕兄弟和杏花妹妹了。李天佑有些感动,流着眼泪说:娃,这太多了,实在太多了,我们老两口哪里能用完这么多钱?大米留下,咱这里稀罕,钱你带走。常金宝很坚决地说,带来的,我不会带走,况且,我现在最不缺的就是这些东西了。他让二老保重身体,让陈墨耕送他去县城,晚上好好叙旧,便和李家人告辞了。

那天晚上,在古幽客栈,常金宝和陈墨耕抵足而眠,彻夜长谈,常金宝向陈墨耕坦白了他现在的真实身份,讲述了自己这么多年的传奇经历,听得陈墨耕惊叹不已、唏嘘不已。临离开古邑县,他嘱咐陈墨耕,他的所有消息仅限陈墨耕一个人知道,暂时也不要告诉岳父一家人,以免多生枝节。以后时机成熟了,再慢慢告诉他们,他们俩有事可以单独联系,并一再叮咛陈墨耕,一有李桃花的消息就告诉他。

真是心有灵犀一点通。常金宝走后不久的一个夜晚,李桃花轻车简从一个人回来看望父母。这是她做了卧龙寨的大掌柜后第一次回家,她怕父母担惊受怕,没有告诉父母自己在卧龙山落草的实情,而说自己在北宁一个大药房做郎中。家里人告诉她,常金宝回来找过她。李桃花回来住了一夜,第二天晚上临走,她避开父母,把自己的真实身份告诉了妹夫陈墨耕,陈墨耕也把常金宝的真实情况告诉了李桃花,并说常金宝已经娶妻生子,重新组织了家庭,问李桃花要不要

白马河之恋

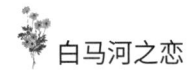

和常金宝见一面。李桃花说，见，一定要见，她想把有些事情说清楚，否则，这辈子都没机会了，不说清楚她会死不瞑目的。

李桃花走后，陈墨耕就写信给常金宝，说李桃花找见了，商量他们相见的事。

11

陈璞石（常金宝）作为第一师的师长，把陇平地区的政权牢牢地抓在了手里，成为陇原东部最强劲的军事存在。当时由于军阀割据，河州的政令只能发至河州市附近的几个县，对陇平等地是无效的，陈璞石就成了陇平地区的土皇帝。

陈璞石被光明的前景所吸引，一刻也没有停止西征的准备。他不但要调集最精锐的部队上前线，还要选择最可靠、最信任的人守好大后方，这些事令他颇费心思。尤其守将是最难挑选的——人心叵测，没有一个稳固的大后方来支援，那将是出兵的大忌，一旦兵败，连一个落脚之地也找不到。

由于是联军行动，互相协调颇费了些周折，待两军同时准备就绪，陇东地区已经进入冬季。出发的那天，阴云密布，寒风凛冽，天空中飘着零星的雪花。时值冬月，平叛联军人强马壮，以戡乱的名义，浩浩荡荡地向河州城开拔。兵到河州豁口镇，陈璞石的先头部队与叛军遭遇，恶战三天，陈璞石的部队伤亡五千余人，两军相持中陕军加入，一举打得叛军人仰马翻，溃不成军，联军乘势追击，拿下了河州城，联军取得了胜利。这一仗，陈璞石的部队人马损失惨重，伤亡最多，付出了血的代价，在联军中功劳最大，有目共睹。

打下河州后，国民党中央以潼关行营的名义，任命陕军师长孙策为中央政府宣慰使兼省主席入主省政府，陈璞石无

白马河之恋

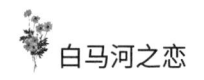

职无名，暂住省政府西花园。

　　陈璞石自恃豁口之战功高，有陇东为大本营做后盾，在河州的兵力与孙策势均力敌，况且他属陇军，有本省人支持，就处处与孙策抗衡。虽然暂时无职无权，但在一些大型会议、阅兵场、酒宴上，与孙策平起平坐，不卑不亢；在重大事情的决策上，与孙策分庭抗礼，论斤较两，使孙策一点也占不了上风。孙策作为省主席，感觉陈璞石有功高盖主的意思，便思谋要削弱陈璞石的实力。孙策以省主席的名义，向全省发文，大意是：全省已被国民革命军收复，就应该全省一体，政令畅通，所有的武装割据地区，统统都要政权上交，不得各自为政……孙策与陈璞石谈话，说这次政权上交，陇平也不例外，意思要陈璞石交出陇平政权。陈璞石虽答应，但提出陇平地区县长要由他来举荐，孙策答应了。孙策按照陈璞石开出的名单任命了几个县县长，只有临泾、庄宁两县未按单任命，陈璞石便大发雷霆，当即要寻孙策质问，被部下劝阻。由此开始，孙策与陈璞石渐生仇隙。陈璞石心不在河州，一直催促孙策尽快理清政务，按当初的约定，一起出兵北上银川。而孙策急于巩固政权，对攻打银川只字不提，陈璞石的目的达不到，又不愿带兵返回陇平，觉得自己有被人利用之嫌，心里便怨气很大，每日唉声叹气。此时，孙策已经牢牢地控制了河州的局势，孙策部队的官兵在河州肆意横行，欺扰百姓，河州市民发出了"陇人治陇，陕军回陕"的呼声，标语都贴到了省政府的大门口，这一切被孙策看成是陈璞石在后面煽风点火、阴谋策划。孙策部队有个团长叫王有道，常和陈璞石一起赌博，算是赌友吧。王有道在赌博时，不守规矩，常出老千，有一次出老千被陈璞石当场发现，陈璞石怒不可遏，当场抽了王有道一个嘴巴子，被人劝开。王有道吃了亏，回去后无中生有，捏造了一些事实，在孙策那儿煽风点火，说陈璞石准备叛乱，意欲取代孙策。孙策一听，这还了得！于是与部下密谋先发制人，伺机除掉陈璞石。

春节过后，转眼就到了元宵节。农历正月十五日晚，陈璞石应邀，带几名卫士到河州白塔楼旅馆玩牌赏灯。正在赏灯时，孙策部队的特务营营长杜新辉带几十名士兵冲进白塔楼，声称抓逃兵，挟持陈璞石去警备司令部谈话。陈璞石以为是下级军官办事毛糙出现的误会，便毫无戒备地跟他们去了省政府。谁知孙策的特务营早有预谋，一进省政府，便将陈璞石装入麻袋，扔进西花园枯井中，当夜填土，陈璞石被活埋。与此同时，陈璞石在河州的部队，在这天夜里，在毫无戒备的情况下被包围解决，并封锁了消息。次日夜，孙策派部队偷袭了陈璞石的陇平驻军，陈璞石部毫无准备仓促应战，天将明时，均被缴械。陇平遂被孙策部占领。陈璞石部驻各县部队，也被一一击溃收编，陈璞石的所有部队，就此土崩瓦解。

陈璞石成为历史。

12

陈墨耕通过报纸知道了陈璞石（常金宝）遇难的消息，他专程去了趟卧龙寨，告诉了李桃花。李桃花突然听到这个消息，被震惊到了。她没有想到，常金宝的结局咋这么凄惨呢！他们虽然分开这么多年了，但毕竟相爱过，一起生活了好多年，还是有感情的。虽然不做夫妻了，她依然希望他过得好。陈墨耕走后，李桃花找了个没人的地方，痛哭了一场，为常金宝烧了些纸钱，祭奠了一番，从此便与他阴阳两隔，断了尘缘。

春节后的一天，陈墨耕和李杏花到卧龙寨看望李桃花，陈墨耕看到了社会发展的大局势，他告诉李桃花：卧龙寨这支所谓的"龙旗军"，就是一群打家劫舍的土匪，这些人一没有政治信仰，二无雄才大略，杀人放火，打家劫舍，偷鸡摸狗，祸害百姓，总是要被消灭的，所以，这支队伍是没有前途的，只是苟延残喘。他说，姐，队伍没有前途，你能有前途吗？你也读了那么多的书，大部分占山为王、落草为寇的草头王，都是被逼上梁山的，是不得已而为之，没有哪个人以此为人生目标。土匪头子的下场，不是死在自己人之手，就是死在对手之手，知道走下去是死路，不如另辟蹊径，带着兄弟们，走一条光明大道，也算你给山上的兄弟们另寻了一条活路，他们一旦醒悟过来，会对你感激涕零的……陈墨耕和李杏花走后，李桃花陷入沉思中。

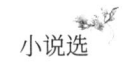

春天到了，子午岭上的杜梨树开满了洁白的杜梨花，花朵一溜一串的，清新雅致、生机盎然。在陈墨耕的斡旋下，卧龙寨的兄弟们，在二当家黑龙的带领下，翻过北山，加入到一个为穷人打天下的队伍中去了。李桃花不愿过打打杀杀的生活，解甲归田下了卧龙山。

不久，子午岭下的子午镇上，多了一个字号叫"百草堂"的药铺，坐堂的是个女郎中。

2019年3月发表于"天涯文学"

隔壁老王

一

老王上个月才退了休。

退休前老王对退休后的生活充满了憧憬和期待，做了一大堆计划，主要有这么几项：

一是旅游。这么多年了，上班忙，下班忙，平时忙，节假日更忙。年轻时忙事业，忙前途，忙儿女长不大；中年时，上有老，下有小，顾不上自己。所以，多年来，旅游的事从年轻说到年老，直到退休也没去过几个地方。退休做计划，第一个要完成的心愿就是旅游。

白马河之恋

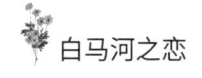

二是学声乐。公正地说，老王的嗓音条件还是不错的，年轻时歌就唱得不错。高中一年级时，和同班女生宋小芳在学校的元旦晚会上唱了两首当时的流行歌曲——男女声二重唱《九九艳阳天》和《难诉相思》，轰动了全校，从此和宋小芳开启了朦胧的初恋。多年后，宋小芳就成为现在的老伴，和他过了一辈子。老王是追求完美的人，越是唱得不错，越用专业的目光审视自己。正所谓"学愈进而愈惘"，总觉得自己发声没有经过科班的学习，发声方法上有问题。一些经典的歌，气息跟不上，所以计划无论如何退休后要报个声乐班，提高一下水平。

三是摄影。有次和宋小芳去陕北老家过春节，老家的村子现在变成了陕北风情旅游小镇，春节期间来了全国各地的好多摄影采风团，全是退休的老头、老太太组成的摄影团队，个个扛着长枪短炮，对着陕北的窑洞、村里的秧歌队、荒凉的山峁峁左拍又拍，别提多神气了。老王在心里羡慕极了，回来后，一咬牙花了三万元，置办了一套行头，平时也拍了一些作品，总觉得艺术水准上有欠缺，所以退休后摄影班必须报，否则这三万元白扔了。

老伴宋小芳十年前就退了休，现在是社区舞蹈队的队长，在小区又租了个场地，给一帮老娘们小媳妇教瑜伽，练得精瘦精瘦，精气神十足，一年四季，不感冒不咳嗽。倒是老王隔三岔五地不是感冒发烧，就是脚腕痛、颈椎病。所以老王准备退休闲下来后，把身体素质再提高一下。趁现在还年轻，才六十岁，再过几年，想提高就来不及了。这应当是第四项计划了。

身体是本钱，所有计划先从锻炼身体做起。练什么项目呢？正思忖的那几天，遇到单位已退休的前工会主席马长柱。马长柱退休三年了，前几年体重达到了90千克，体检时发现了中度脂肪肝，又伴随糖尿病。马长柱身高一米九，医生让他必须把体重降至80千克以下，否则会转化为肝硬化甚至肝癌。医生的话让马长柱一下子警惕起来，他参加了单位旁边的"健康一起来"健身俱乐部。一年下来，体重减少了10千克，人一下子精神了好多。马长柱送给老王一张健身俱乐部做活动的免费体验卡，一周内有效，老王准备先去试试。

老王从来没去过健身俱乐部，上千平方米的大厅里，人还真不少，有男有女，有老有少，在各种器械上，练得不亦乐乎，个个大汗淋漓，满屋子散发着浓烈的汗味。老王是第一次来，特意约了马长柱。马长柱指导他做一些轻松的运动，先是骑模拟自行车，再是练臂力健身器，又举了举哑铃。锻炼了一小时，已是胳膊疼腿疼，想着是第一次锻炼，还不习惯，运动量不能太大，便回了家。

翌日，老王单独来锻炼，发现俱乐部有跑步机。跑步机是最轻松的锻炼器材，可走路，也可跑步。老王在跑步机上先走了半小时，活动开了，又慢跑了半小时。回家后，脚有些痛，晚上洗脚时发现双足变成了青紫色，好像有些轻微的浮肿。休息了几天，疼痛减轻了许多，但脚的颜色依然是青

白马河之恋

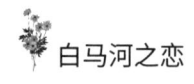

紫色的，也可能是幻觉吧，老王觉得脚的颜色又加深了好多。老王觉得脚变成青紫色，可能是运动量太大引起的，停止运动就会好。

二

宋小芳很忙，晚上洗脚时看了看老王的双脚，吓了一跳，武断地说老王得了紫癜。老王狡辩说是去健身俱乐部锻炼引起的，不会是紫癜。宋小芳很专业地说，紫癜的发作都是有诱因的，锻炼就是诱因，是不是紫癜，去医院让大夫看一下不就得了。

又过了几日，双脚的颜色依然青紫，丝毫没有褪色。宋小芳日日催老王去医院。时间又过了一周。星期一早上，老王早早来到了本地最大的省医院，问了导诊，说紫癜属于皮肤科。八点钟上班，才七点不到，挂号大厅里已经人山人海，乌烟瘴气。有的人提着小凳，穿着大衣，据说是半夜就来排队了。人再多也得看，老王只好耐着性子排队，一直排到上午八点半，才挂上了号。

皮肤科在医院三楼，老王在三楼分诊台又做了登记，坐在三楼大厅等着喇叭喊。大厅的显示屏上显示的序号与老王的序号离得很远，遥遥无期。老王百无聊赖，只好玩玩手机，看看朋友圈打发时间。时间一分一秒地往前过，等得人心发慌。没事过去和分诊台的小护士聊聊天，她说主要是病人太多了，现在的病人全拥到三甲医院来了。以前规定，一个大夫一天八小时最多只能挂80个号，除去大夫喝水、上厕所，保证每个病人问诊五分钟。现在，每天每个大夫的挂号都在150个

白马河之恋

以上,就这许多病人还挂不上号。再加上看病中间各种插话的干扰,现在看一个病人,两分钟都保证不了……总之,医院和大夫也有苦难言。

等待,等待,一直等了一上午,到了十二点,喇叭通知大夫下班时间到了,下午两点钟接着接诊。老王只好在医院周边简单吃了个午饭,然后在附近溜达溜达。终于挨到了下午两点,又回到皮肤科大厅,继续等候。下午三点,终于见到了大夫。大夫姓黄,是个皮肤病专家,胸牌上写的是主任医师,约莫六十岁。黄大夫给病人看病,旁边和对面坐了两个学生模样的女实习大夫支应着,黄大夫只用动嘴,旁边的实习大夫负责写病历,对面的实习大夫负责操作电脑,打印各种单据。见到黄大夫,大夫让老王脱一只袜子,眼睛在老王的脚上只停留了三秒钟,问老王脚上受过伤没有,老王说没有,只是在跑步机上运动过,脚就变成了这种颜色。大夫便让助手写病历:双脚自诉无外伤,疑似紫癜。让对面的女助手打印了三种化验单:尿、便、血常规六项,嘱咐老王明天早上七点,空腹化验以上内容。老王思忖,应当把另一只袜子也脱掉让大夫看看,大夫用手势制止了他,说:"不用看,紫癜在肢体上发病都是成双成对的,对称发病,两脚症状是一致的。"就这一句话,老王对黄大夫的医术佩服得五体投地,觉得从早上六点起床,等到下午三点,九小时的等待值了。虽然他对大夫只看了他脚三秒钟,没有摸一下他的脚略有微词,念着他一天要看两百个病人的工作量,原谅了他对他病情的冷漠态度。

　　第二天，老王又起了个早，来到医院，留尿、留便、采血，问清了，血液做的项目比较多，要做细菌培养实验，隔日才能取结果。第三日，同样是六点起床，来医院挂号，取检验结果，再去排队找大夫，又折腾了一个上午。临近下班才看到了大夫，大夫看了各项化验结果，说："各项检验指标均无异常，但不排除过敏性紫癜的可能，因为你的生活环境我不了解，所以过敏源及诱因无法排除，属于疑难杂症，建议先按紫癜治疗，再观察观察。"于是开了两种药，完事。老王觉得大夫的诊断有些轻率，想再让大夫看看他的脚，大夫不耐烦地制止了他，已经开始接待下一位患者。老王只好把脱掉的袜子穿上，下楼取了药，一看只是马来酸氯苯那敏片（扑尔敏）、维生素C，觉得大夫是在应付他，便悻悻地回了家。

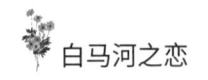

白马河之恋

三

　　同小区的张梅是个百事通，通过舞友宋小芳知道了老王的病情，说大医院每天患者乌泱乌泱的，大夫根本不重视老王这种小病，去个小诊所，见到大夫直接就能看病，不需要折腾两三天。她说她知道有个"刘一手诊所"专治疑难杂症，告诉了宋小芳地址。宋小芳告诉了老王，老王对个人诊所很抵触，但架不住宋小芳苦苦相劝，第二天宋小芳带着老王去了刘一手诊所。

　　刘一手诊所位于红旗路立交桥下面，如果没有人介绍，根本找不到。门口的招牌上写着"刘一手诊所"几个蓝色的大字，logo是一个红色的竖起的大拇指。老王和宋小芳进去时，医生的座位空着。喊了一声，大夫从里间跑了出来，宋小芳说明了来意，大夫很是热情地让座，并自我介绍说他就是刘大夫，让他们先坐稍等，他给一个病人换完药就给老王看。

　　刘大夫是个又瘦又高的中年人，操一口本地方言，每说一句话都要抽一下鼻子，挤一下左眼。环顾诊所，有二三十平方米，里间、外间用白色的布帘隔着。在布帘前放了一张老板台作为医生的接诊台，室内的墙壁上挂了一圈锦旗，上面基本都是"妙手回春""华佗在世""医术高超"之类的话，看落款送锦旗者都是某县某乡的患者。

　　坐了片刻，门帘一挑，出来一位硕壮的妇人，体重足足有一百千克以上，丰乳肥臀，边整理衣服边朝外走去。老王想这可能就是刘一手所说的患者了。刘一手跟着出来，坐到了大夫座位上，气喘吁吁，满脸通红，端起茶杯猛喝水，边喝水边解嘲似的对老王说："这女人来治痔疮，她这身体，一般人给她换不了药，太胖了。"老王猛然发现，刘一手给"肥臀"换完了药，没洗手就端起了茶杯，便觉得一阵恶心。强忍着赶紧脱了袜子让'刘一手'看。刘一手伸手摸了摸他的脚，摸脚时，老王无意识地躲了一下，他总感觉刘一手的手很脏。刘一手摸了摸老王的脚，稍加思考，便下了结论说："是恶性黑色素瘤，恶性程度很高，很快会转移，要赶紧看！"说完了，照例抽一下鼻子、挤一下左眼，这"一抽一挤"给宋小芳的感觉刘一手在说假话。

　　老王一听是癌症，有些懵圈了。宋小芳很冷静，问刘一手能看不，刘一手照例"一抽一挤"，梗了梗脖子，不无骄傲地说："别人看不了，我能看，要不敢说专治疑难杂症嘛。在我这里，内科、外科、儿科、妇科、消化肛肠、耳鼻喉科、神经内外科，没有我看不了的。"

　　刘一手说："能让病人回避一下不？"

　　宋小芳示意老王离开一下，老王便出了诊所。

　　看老王离开了，刘一手凑近宋小芳神秘地说："你老汉这个病，是个要命的病，我不能当着他面说。医学上叫恶性黑色素瘤，实际上就是俗称的皮肤癌，恶性系数很高，很快会转移。人的两条腿有两根大筋，好比是两条高速公路，病

白马河之恋

毒现在在脚上，没有几个月，就会沿着两条腿向上转移，到了大脑，人就不行了。"

宋小芳问他怎么治，他说："你们是门诊治疗还是包治？"宋小芳问，门诊治疗怎么治？包治怎么治？

刘一手说："要让我治，你得百分之百信任我，我先人几辈都是中医，我是'刘一手'招牌的第六代传人，用中医方法专治疑难杂症。你老汉这个病，门诊治疗十天一个疗程，每疗程十服中药三千元，你们十天来开一次药，估计得看三个月，总共花费得两万七千元。如果包治，一次交两万块，看的次数不限，药量不限，看好为止。"宋小芳说，这么贵，能不能便宜点？刘一手说，大夫治病救人，哪里有跟大夫讲价钱的。已经给您优惠了七千元，不能再少了。刚才那个胖女人治痔疮，换一次药五百块，一毛钱都没给让，她不照来。宋小芳说，她和老王商量一下，便出了诊所。

宋小芳出了诊所，正左顾右盼找老王，只见老王在几十米开外的公交车站使劲向她摆手让她过去。一见面，老王说，还不快走，听他胡说八道什么，明显是江湖骗子，恶性肿瘤用眼睛能看见，还要那么多医院干什么？宋小芳说："我警惕着呢，我就想看看他怎么骗人，你猜怎么着，连小品台词都用上了，说：'人的两条腿有两根大筋，好比是两条高速公路，病毒现在在脚上，没有几个月，就会沿着两条腿向上转移，到了大脑，人就不行了。'还没见怎么着，一开口就要两万，这刘一手也太小觑我们的智商了。"两人聊着天，便回了家。

老王这一茬人，这几年基本都退休了，有钱有闲，大家都开始怀旧，开始追求精神生活了，各种聚会也应运而生。老乡聚会、同学聚会、战友聚会、老同事聚会、大学同学聚会、中学同学聚会、小学同学聚会等，种类繁多。老王是个性情中人，况且每次聚会都能见上一些几十年不见的老同学、老朋友，他乐此不疲。上小学时，老王有一同学李满仓，常年生活在大山深处，一家人靠种药材为生，日子过得不好也不坏，如今也是儿孙满堂。一个偶然机会，他联系上了老王，这不明日就要举行小学同学聚会，今日提前来到了古城。为了表示欢迎老同学的诚意，老王从长途汽车站把老同学直接接回了家。宋小芳好客，按过年的标准做了一桌子好菜，招待老王的同学。

和满仓四十多年没见，老王藏了一肚子话。中午饭从一点钟开始，一直延续到晚上。小酒喝着，也不劝酒，边吃边聊，直到晚上每人吃了一碗宋小芳做的酸汤面，才宣告了晚宴的结束。老王把满仓安顿在自己的书房休息，两人又聊了半宿。话里说起老王最近的烦恼，老王说自己最近脚上出了个问题。满仓说让他看看老王的脚，看完了，满仓说，他怀疑不是病，是染色，说让他看看老王锻炼时穿的袜子。老王说，跑步机是公用的，跑步完后，他嫌袜子脏，当场扔掉了。不过当时袜子店做特价，他十元买了同色的三双，还有两双没穿的。满仓当时让老王取来了没穿过的袜子，把紫色的袜子在手里

白马河之恋

揉来揉去，一点也不见褪色。

第二天，老王的小学同学四十多人，相约去白鹿原影视基地，以旅游的方式聚会。中午在酒店聚餐，聚完餐又去KTV唱歌。整整折腾了一天，等到老王和满仓回到家里，已经是晚上十二点了，宋小芳等不及已经睡了。老王把满仓安顿在书房，端来了热水让满仓洗脚，满仓一脱袜子，双脚都变成了青紫色。

原来满仓为了验证袜子是否褪色，早上起来没有告诉老王，悄悄地把老王拿来的袜子穿在了脚上，经过一天脚汗的作用，双脚也被染成了青紫色。老王看了，立刻觉得又活了过来，急忙对着里屋喊："小芳，你醒醒！"

◎ 散文选

原载于《豳风》2019 第 4 期（总第 44 期）

风从故乡吹过

　　汽车沿着福银高速，以每小时一百二十千米的速度向故乡彬州飞驰而去。昨日接到二哥的电话，说我们家祖坟所在的那块地，已规划为一座大型公共建筑，所以政府要求那里的公墓全部要迁走。他说黄道吉日已经选定，新的墓地政府已经选好，就等着迁墓了。他一再叮咛我，迁墓在乡下是头等大事，决不亚于老人过世，所以要求我们全家，必须放下手里的所有事情，按时回家参与。多年来，故乡我回过无数次。自从父母过世后，回家就变成了走亲戚，每次都是因亲朋好友家的红白喜事，匆忙而去，匆忙而归。听说故乡彬州，从 2018 年 5 月被国务院批准建市以来，变化巨大，但一直没

白马河之恋

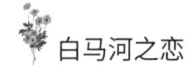

有机会去深入地了解，这次因为迁墓，可能在老家会多待几天，我想好好地感受一下。

　　回乡每次都会令我的神经异常兴奋，每次踏上这条路，我都会想起以前在故乡的岁月。对于故乡的记忆，似乎是三十年前的某一天存储进我脑海里的，好像一幅被岁月经年燎烤的老照片，多年来一直处于泛黄状态中。拉开记忆的大门，故乡的人和事像一部老电影一样，常常在我的脑海里反反复复地播映。有时做梦，在梦中又回到了三十年前在故乡的岁月：家里依然是家徒四壁，一贫如洗，父亲已经去世几年了，大哥结婚后分家另过了，三个姐姐都出嫁了，母亲拉扯着我和同样年幼的哥哥，苦苦挣扎在漫长难熬的岁月中。一年到头的经济收入就是春天买来一对猪崽，用刷锅水和野草喂到冬天，然后卖掉后的一点利润。梦境里是个阴雨连绵的早晨，好像连阴雨已经下了好几天，母亲把头探出窑洞，抬头看看天，叹息着说：哎，老天爷脱底子了！我知道娘是在担心长期下雨窑洞的安全，因为我们这里，每年下连阴雨，十天半个月停不了，年年都会有窑洞冒顶，一家人被埋在窑洞内的惨剧发生。下雨令母亲忧心忡忡，经济的窘迫更是让她心神不安。她蹑手蹑脚地走到她当年结婚时唯一的家具——一个老式木柜前，窸窸窣窣地打开柜锁，从柜角里取出一个装过洗衣粉的塑料袋，去掉上面缠着的线绳，把里面所有的积蓄——一些零碎的票子和钢镚，抖落到柜盖上，数了又数，数了又数，仍凑不够我和哥哥五元六角钱的上学报名费。看着母亲难场的样子，在炕上佯装睡觉的我，眼泪不知不觉沁出了眼角。

　　故乡彬州市新民镇，位于泾河北岸的黄土塬上。我小时候还没有新民镇的叫法，那时候叫新民公社。公社所在地新民街只有两条窄小的街道，两条街道在小学门口形成丁字形，所以小学门口是新民街的中心。那时候，新民街上房舍寥寥无几，只有公社、供销社、邮电所、粮站、中小学、卫生院几个公家单位。出了百十米的街道，乡亲们都住在地窑里。新民街上七天一集，赶集日是星期日。到了赶集那天，小街上人欢马叫，会热闹一天，过了这一日，大部分时间街上是寂寥的，行人稀少，偶尔有几个去供销社买东西的人，也是匆匆走过，过后街上又恢复了冷清。那时候，新民塬上有四个公社，分别是曹家店公社、小章公社、新民公社和炭店公社，新民公社位于新民塬的中心位置，按现在的话来说，是新民塬的政治、经济、文化中心，新民街上的经济都如此凋敝，其他几个公社的情况就可想而知了。

　　在我的记忆里，新民街上最高的建筑，要数新民公社大门的门楼了。门楼上面有个两层阁楼，阁楼上面有高耸的塔尖，略有俄式风格。门楼下是两扇红色的大门，大门很气派、很威严，一般老百姓走进去的机会不多，因为走进这个大门，不是好事就是坏事。好事譬如：领结婚证、当兵或招工报名。坏事譬如：打架评理、两口子离婚。老百姓过日子，哪来那么多的好事或坏事呢？我家住得离公社不远，我和一帮没上学的野孩子，常常在公社门口疯玩，除了踢毽子、跳绳、跳

白马河之恋

方格外,也没多少乐趣。偶尔碰见一对乡下男女(那时候我们镇上的人很骄傲,把其他村子里的人都叫乡下人)来公社领结婚证,我们这些小孩和一些无聊的大人,会围着那对男女看热闹,因为当年乡下人扯结婚证很有些看头:那时候的男女,好多都是媒人介绍认识的,说好了某日来公社领结婚证,等到了公社大门口,女的临时变卦不进去了,要男方再给买一些东西或衣物。这种事最后都成了风气,女方在领证的最后关头,一定要摆摆架子、为难为难男方,否则会被娘家人说太傻太想嫁。往往不是要一件上衣,就是要一条裤子,有的还要个大件,临时决定要一辆自行车。那时自行车可是稀罕物,不是有钱就能买到的,是凭票购买的,一旦提出这个条件,往往那天的结婚证就领不成了。我们这些看热闹的不嫌事儿大,往往能看到准新娘子扭扭捏捏、扳扳扯扯的全过程,很是有趣。常常也能看到两个人拿着奖状似的结婚证,从公社高高兴兴出来的样子,看到他们幸福的模样,我们也替他们高兴。偶尔也会遇到两人打架了,互相撕扯着来公社评理,到了公社门口,一个要进,一个不想进,于是两个人你一拳我一脚吭哧吭哧再打一个回合,往往正酣战中,公社武装干事老孔会从大门走出来大喝一声:哎!弄啥呢?都给我丢手!两人才悻悻地松了手。待凑近老孔,让他给他们断是非,老孔会出其不意地一人赏一个耳光,然后才开腔断案。这耳光仿佛是过堂前的杀威棒。

再说说我上学的事。那时候,新民小学和新民中学同在一个大院里，这个大院在中华人民共和国成立前是镇上的玉皇庙，就在丁字街口的中心点位置。学校有一个水泥结构的、很大的拱形大门。那时候的我是个小不点儿，觉得那个大门是我见到的最宽敞的大门了。从学校大门进来后的一条路，把校园分成东西两半，东面有五间教室，分别是小学一年级到五年级。西面有四间教室，是中学部，分别是初一、初二、高一、高二（那时候小学是五年制，中学是四年制）。那时候学生少，一个年级就一个班，镇上有多少学生，就往班里塞多少学生，有的班有五六十个人，有的班甚至有七八十个人。课桌不够，就让后来的同学从家里搬个凳子来，凑在别人桌子边上上课。从学校大门进来后的那条路走到头，是一间很大的会议室，一般是开大会时才用。会议室门口有一棵长了几百年的大槐树，这棵树是以前的庙产，树冠高大，郁郁葱葱，遮天蔽日，雄霸着整个校园的天空。学校的钟就挂在大槐树的一枝杈上，钟锤的绳子绑在树干上，厨师兼校工老魏，每天按时敲钟，掌握着上课、下课的时间。夏天，学生放学后，几个住在学校的老师，很自然地凑在大槐树下，有的吹笛子、有的弹月琴、有的拉二胡、有的拉小提琴、有的唱歌，顷刻间校园里弥漫着浓浓的艺术氛围。会议室后面是学校的食堂，食堂这间房子以前是这个院子的主宰，是玉皇庙的大殿，供奉着几尊神像。现在这里就变成了学校的食堂。学校食堂里有个大水缸，水缸里成天盛满了清汪汪的井水，缸沿上早晚挂着一把紫铜色的马勺，学生们上体育课焦渴难耐时，会跑

白马河之恋

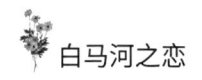

到这里轮流抓起马勺，灌一肚子凉水。

我是以非学生的身份踏进小学大门的。当时我不足五岁，母亲让三姐在家看我，学校贫协主席一家一家、一趟一趟动员没上学的孩子入学。来动员我三姐时，说我三姐都十几岁了，不能再做文盲了。三姐说母亲下地干活，没人看我。动员的人急于完成任务，答应准许三姐带着我进入小学。那时候，一年级教室坐的学生年龄悬殊，有六七岁的，也有十几岁的，参差不齐。三姐上课时，我就蹲在教室的青砖地上玩，地上很干净，也没什么玩的，我就用手抠地上的砖缝。把蚂蚁抠出来了，蚂蚁往教室外面跑，我就追着蚂蚁跑到了教室外面，在学校院子里玩会儿，三姐会趁老师转过身在黑板上写字的时候，溜出教室后门，把我重新拉回教室。第二年，我在三姐开学上二年级时，执意自己要背书包，否则就不去学校。母亲拗不过我，就把大哥用过的袖章缝了缝，底下收了个口，两边缝了个带，给我做成了我平生的第一个书包，我就像模像样地背起了书包。就这样跟着三姐在学校里混了两年，到第三年，二哥要上一年级了，父亲就把领我的责任交给了二哥，让三姐回家帮着母亲干家务，从此三姐辍学了，再也没进过学校。我和二哥一起，正式从一年级开始同班上学。因为有前几年混校的经历，我从一年级开始学习就很好，一直是班上的前几名，二哥的成绩一直不如我，代课老师动不动就拿我来说二哥，惹得二哥很不高兴。上到小学五年级，该上中学了，二哥跟父母提出抗议，坚决不让我和他同班上学了。说和弟弟同班上学，别人以为他留过级，有失他的尊严。于是父亲就跟我做工作，让我在五年级多上一年，我怼他说：什么多上一年？说得多好听啊？就是留级！哪里有让学习好的留级的道理？父亲说：你是班上年龄最小的，你比年龄大的同学小了五六岁，晚一年上中学年龄也不大，况且现在中学又有劳动课，每周都去学校农场开荒种地，你那么小，能行吗？那时候父亲正是新民街大队的大队长（相当于现在的村主任），也跟小学打过招呼了，我拗不过他，只好又在五年级重读了一年。

在我上到小学三年级时，二十世纪六十年代生育高峰出生的那批孩子，一下子拥进了校园。从小学到中学，每个年级学生都爆满，扩校、扩招已经是大势所趋。新民中学只好在镇子西边的麦田里圈了很大的一块地，另建了新校园，从小学院子里搬走了。我上中学后，就在新建的新民中学里上课，直到考上了县重点中学——彬县中学才离开。

就在我的思绪还沉浸在三十年前的回忆中时，汽车已经下了高速公路，进入彬州市城区。首先映入眼帘的是彬州市奥林匹克体育中心，从外观上看，建筑时尚宏伟，完全是一种与国际接轨的模样。过了奥林匹克体育中心往西看去，高楼大厦林立，当年我上学时的最高建筑——彬塔，淹没在一片楼宇的丛林中。沿街各种店铺鳞次栉比，街上行人熙熙攘攘，摩肩接踵，看起来各家店铺买卖不错、生意兴隆。从资料上看，彬县建市前，连续多年是陕西省十强县、西部百强县。2018

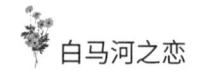

年 GDP 总量达到 217 亿元，地方财政收入达 12.06 亿元，位列咸阳市第一，社会和经济建设表现出强劲的发展势头。汽车沿着新建成的豳风泾河大桥跨过泾河，沿彬淋公路向新民镇驶去。一爬上红石咀的坡，就是新民塬了。2015 年，彬县进行镇级机构调整，我前面所说的新民塬上的四个乡镇，合并成了一个新的新民镇，至此，新民镇实力大增，全镇共辖 51 个行政村，总面积达到 212 平方千米，总人口达到 8 万人。

  回到家乡新民街，我的感受是变化太大了。如今的新民镇，已不再是我记忆中那个贫穷落后、冷冷清清的小集镇，而是正在建设中的陕西省重点示范镇。镇子的西部一大片厂房拔地而起，正在建设中的"彬州高端能源化工园区"吊塔林立，有四家煤化企业在这里落户，整个园区规划项目全部建成后，园区年均销售收入可达 205 亿元。镇上从幼儿园到小学、中学，都新建了标准化校舍，和我们当年不可同日而语。我家及周围的街坊邻居们，土地被征用后，都已住进了镇上的居民小区的楼房，过上了与大城市人一样的好生活。彬州建市后，新民镇成为彬州市副中心，城镇建设也驶入了快车道，建成了以东西、南北街道为骨架的四条主街道、六条次街道和五条十字路、两条环镇路。东西街道全长两千米，南北街道全长一千米，街道两侧建筑均为两层以上楼房，商贸功能十分突出。村上的支书欣喜又自豪地告诉了我一大堆好消息：2020 年西银高铁开通，西安到彬州市只需要四十分钟，彬州市至此纳入了西安一小时经济圈。听着这一连串利好消息，我如沐春风。如果说中国成为世界第二大经济体在我心里太抽象的话，那么家乡从贫穷到富裕的变化，就是国家经济腾飞的一个微小、实在的缩影。我衷心地祝福故乡，像一只翱翔在祖国蓝天上的大雁，乘着改革开放的春风，能飞得更高。

原载于《陕西文学》2020 第 4 期

在那遥远的地方

占祖国版图六分之一多的新疆维吾尔自治区（以下简称新疆），一直是我魂牵梦绕的地方。记得读中学时，地理课考试常会提供一张空白的中国地图，让考生们填写各省的名称，并描写它的地理特点。拿到题，我会毫不犹豫地给地图西北部最大的空白地带，填上"新疆"两个字，同时，我会将区域特点的核心词——蓝天、白云、沙漠、戈壁、雪山、草地、河谷、圣湖、牛羊、骆驼等词赋予这个地方。

新疆地大物博，壮美辽阔，民族众多，风情迥异，充满了神秘的色彩。我和新疆的情缘还得提及几年前的一场文艺演出。2016 年，我所供职的大学，举行建校八十五周年庆典，

白马河之恋

联系到了喀什地区某县的文工团，请他们到我们学校进行助兴演出，一场被誉为"维吾尔音乐之母"的大型歌舞套曲"木卡姆"表演，让师生们看得如痴如醉，在上万人的演出现场引起轰动：神秘的乐器，弹奏着天籁之音，十几个维吾尔族男子，穿着民族服装，头上戴着超高的筒帽，每个人手里都拿着一件乐器：或羊皮手鼓，或萨他尔，或弹布尔，或都塔尔，或热瓦甫，或艾捷克……所有的演奏者都倾情投入地演奏着手里的乐器，管乐、弦乐、打击乐合奏出的美妙旋律，曲调朴实，风格豪迈，婉转动听，把听者带入了一个遥远神秘的妙境："五脏六腑里，像熨斗熨过，无一处不伏贴；三万六千个毛孔，像吃了人参果，无一个毛孔不畅快。"及至一群着装艳丽的维吾尔族少女姗姗登场，在舞台中央载歌载舞：高歌时，像一线钢丝抛入天际，遥远缥缈得不知道到哪里去了；低吟时，又如花坞春晓，百鸟归巢，软语呢喃；裙袂和小辫儿飞舞，歌、舞、乐珠联璧合浑然天成，一下子把现场的气氛推向了高潮。这次近距离地观赏新疆本土艺术，给我留下来难忘的印象，到新疆去看看，成了我的夙愿。

地窝子

多年来，忙于俗务，新疆之行，在2018年的暑假才得以实现。飞机从西安咸阳国际机场起飞，飞行长达三个多小时，才到达新疆首府乌鲁木齐（以下简称乌市）的地窝堡国际机场。到达乌市时，是晚上九点多，这在内地已属于夜晚时段，然而乌鲁木齐的夕阳依然挂在天上，接机的刘师傅告诉我，每年夏至前后，这里晚上十点钟太阳仍然挂在天上，也是常事。

乌市的机场叫地窝堡国际机场，我和司机的交谈是从机场的名字开始的。他说，从地名就能知道，这一带在建机场之前，就是一个地窝子较多的村镇。地窝子是沙漠化地区拓荒者发明的一种简陋的居住方式，建造方法比较简单，成本也低：先在地面以下挖约两米深的坑，形状为长方形或正方形，面积为十平方米左右，坑四面边沿的地面上用土坯垒起约一米高的矮墙，墙上搭上几根椽子做骨架，骨架上再搭上树枝编成的筏子，没有筏子，把芦苇打成小把也行，再用泥巴抹在筏子或芦苇上面，新疆雨水很少，上面也不用覆盖瓦片，泥巴干了，地窝子就建成了。地窝子有一面装有门，出门上台阶通往地面，冬暖夏凉，可以抵御沙漠的风沙和严寒。新疆地区最早的屯垦戍边从西汉就开始了，已有两千多年的历史，这种地窝子每朝每代的拓荒者都使用过，足见地窝子在这个地区的适用性和合理性。每年秋、冬季节，新疆风沙肆虐，

白马河之恋

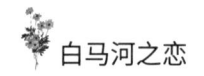

几年下来，流沙常常把地窝子露出地面一米高的矮墙掩埋。在新疆生产建设兵团成立初期，一些团场常常地下住着上千人，地面看到的却是一片沙地。地窝子除了住人，还用作食堂、会议室、菜窖、库房、马厩等。

司机刘师傅是兵团二代，他说早年在兵团流传着一首打油诗："地窝子呀真是好，冬天暖来夏又凉，看去一片荒凉地，不知脚下是营房。"他给我讲了一个以前发生在他们团场的小故事：说有一年，驻扎在哈密的新疆生产建设兵团某团场，有个外号叫"大个李"的职工，一天，"大个李"一家三口正在吃午饭，突然地窝子顶上往下掉灰土，接着就伸进来四只马蹄子，一家人吓了一跳，赶快躲到了房角。房顶上传来马的嘶叫声，马显然受到了惊吓，疯狂地挣扎着，地窝子顶是筏子做的，根本撑不住一匹两百多千克的马在上面折腾。马稍微挣扎了几下就重重地掉了下来，激起满屋子的灰尘，饭桌也被掀翻在地。当时，许多人看到"大个李"家的地窝子里尘土飞扬，急忙跑过来看个究竟，只见"大个李"家的地窝子顶开了一个大天窗，里面站着一匹浑身是土的马，大家急忙上去抓住马缰绳，拉得拉、赶的赶，一阵慌乱之后，才把马从地窝子里拉了上来。原来，这匹马平日没来过这个团场，今天被人骑着来这里走亲戚，人去亲戚家的地窝子里喝酒了，让马在沙地上吃草，它误踩到地窝子顶，才出现了刚才惊险的一幕。

思想还沉浸在司机所讲的故事里，车子已经进入了乌市市区。乌市的街道很宽敞，绿化也很好，正是八月份，街道两旁，绿树成荫，鲜花盛开，以玫瑰花和波斯菊为盛，与我出发前的想象大相径庭。越往市区走，现代化都市的气息扑面而来。高层建筑很多，一个个新建设的小区，从车窗外一闪而过。窃想，乌市的房价一定很低吧，询问了司机，被告知均价早已过万，和最近的大城市西安相比，有过之而无不及。进入乌市中心，建筑的民族风格逐渐显现，许多建筑明显带有中亚风格：建筑顶上有高高的穹顶或小塔楼，宏伟古朴，华丽肃穆，建筑上的图案多用金色、土黄色、绿色、白色等颜色，极具西域特点。

我们下榻的酒店是乌鲁木齐西域国际酒店，它是国家二类边贸口岸西域轻工基地的五星级酒店，来来往往的多是俄罗斯及中亚地区的客商，前台接待的维吾尔族小伙子和姑娘，跟他们说着我们听不懂的维吾尔族语或是俄语，转过脸又用熟练的普通话，热情地接待我们。对这个酒店印象很深的是，到处是俄文广告：房间的广告册、电梯间的广告墙均是俄文，以装载机、挖掘机、叉车等工程机械广告居多，显示出俄罗斯及中亚地区对我国此类商品极大的需求量。

白马河之恋

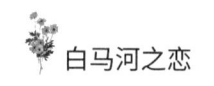

三号矿坑·可可托海

　　天刚蒙蒙亮,我们的"纵横新疆十二日游"便开始了。导游小马是个哈萨克族姑娘,自己说父亲是哈萨克族,母亲是回族,她讲起新疆的景点和故事,条理清晰,饱含感情。
　　我们的新疆之旅是从小马对新疆的"疆"字的拆解开始的,她说,新疆的地理特征和新疆的"疆"字是相符的,即三山夹两个盆地,正如疆字的右侧,上面一横是最北部的阿尔泰山,中间一横是天山,下面一横是昆仑山,两个田字分别是北部的准噶尔盆地和南部的塔里木盆地;疆字左侧的"弓"字是新疆5 600多千米漫长的边界线,与俄罗斯、哈萨克斯坦、吉尔吉斯斯坦、塔吉克斯坦、巴基斯坦、蒙古、印度、阿富汗8个国家接壤;弓字里的"土"字,代表着我国被沙俄侵占的土地。我们常说,不到新疆,不知中国之大;不到新疆,不知中国之美。整个新疆以天山山脉为界,划分为南疆和北疆,居住着47个民族,2 000多万人口,这里囊括了地球上除了海洋以外的所有地形地貌,有看不完的山川美景、了解不完的风土人情……导游的话,让我对本次旅行的收获充满了期待。
　　在旅行社报名时,工作人员就告诉我,新疆太大了,在新疆旅行,要有长时间坐车的思想准备。因为在新疆,景点与景点之间,动辄几百上千千米。果不其然,我们第一天的旅游目的地是600千米以外的可可托海，途中参观三号矿坑。从乌市出发，沿216国道北上，一路上除了村镇和检查站，大部分时间是在戈壁滩上行走，一级公路上车不是很多，但新疆对旅游车管理得很严，车速不能超过每小时80千米，每行驶两小时，必须停车休息20分钟，因此，大部分时间是在车上度过的，坐得人腰酸背痛，终于在下午两点到达第一个参观点三号矿坑。

可可托海三号矿坑，位于阿尔泰山脉的东端南麓、额尔齐斯河的源头，这片矿区从中华人民共和国成立以来就被列为国家的高度机密。三号矿坑素以"地质矿产博物馆"享誉海内外，拥86种矿物，稀有金属占到矿山储量的九成以上。它的神秘更在于富集铍、锂、铌、钽、钛、锆等金属，从而成为一座天然的稀有金属元素储备库。很多研究地质学的专家把来这里研究、考察作为一项最高的成就。

可可托海，哈萨克语的意思为"绿色的丛林"。出发前想象可可托海是一片水域，到了才发现，这里是一个国家地质公园，由额尔齐斯大峡谷、可可苏里湖、伊雷木特湖、卡拉先格尔地震断裂带四部分组成。额尔齐斯大峡谷，是可可托海风景区的主景区。激越的额尔齐斯河从峡谷深处发源，奔流西去，它是中国境内唯一一条自东往西流去的河流，也是一条国际河，出境后首先进入哈萨克斯坦，然后向北折入俄罗斯，最后注入北冰洋。

额尔齐斯河两岸，分列着神钟山、飞来峰、骆驼峰、神象峰、

白马河之恋

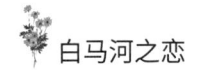

神鹰峰等无数个极具个性的奇峰怪石。野生白桦树生长在额尔齐斯河河岸的沙滩上,湛蓝的天空下,白桦树妩媚婆娑,柔软的枝条舒缓下垂,伴着清风纤纤舞动,绰约若处子,曼妙无比,林间花草铺地,蜂蝶流连花间,百鸟啼转枝头,鱼儿翔游浅水,山清林绿如诗如画。

神钟山是额尔齐斯大峡谷的门户,它的形象好像一个倒扣的巨钟,一块石头就是一座山,一座山就是一块完整的巨石。如果说额尔齐斯河是一河一天地,滋养创造了一派生机勃勃、姿态万千的河谷气象,那么神钟山便是一石一世界,它独石成山的气魄,让人们更多了一分对大自然的敬畏。

神秘的喀纳斯湖·图瓦人

喀纳斯湖是我北疆之行的重要景点，它位于新疆阿勒泰地区北部的友谊峰和奎屯峰的脚下，北与俄罗斯、哈萨克斯坦、蒙古接壤。相传，当年成吉思汗西征时，途径喀纳斯湖，见到这样一个美丽的地方，决定在这里暂住时日，休整人马。成吉思汗喝了这里的湖水，觉得特别解渴，就问手下将领这是什么水。有一位聪明的将领答道："这是喀纳乌斯。"（"喀纳乌斯"蒙古语的意思为"可汗之水"）于是，成吉思汗就将这里定名为喀纳乌斯。

在喀纳斯景区入口，我们换上了景区的旅游车，沿着喀纳斯河逆流而上，弯曲的山路就像一条巨龙盘卧在山间，车走景变，空旷处有成片的草地，有牛、马、羊群在悠闲地吃草，狭窄处有陡峭的山崖突兀地出现在眼前，挺拔的云杉在眼前一晃而过，幽静、崎岖的山路两侧，景色显得格外秀美，层峦叠嶂，烟云缭绕，在阳光的映照下，明暗交错，相映成趣。

去喀纳斯湖，要途经卧龙湾、月亮湾、神仙湾三道湾，一路奔腾的喀纳斯河水，在三道湾里，就像柔顺的绵羊，沉静平缓地流着。河水因受到泥石流的阻挡，成为一个个小小的湖面，远看湖中露出的水草滩地，形成各种不同的图案。卧龙湾就是河中央一块形似卧龙的沙洲，远看像一条张牙舞爪的巨龙行游在水面，整个龙身或跃出水面，或沉于水中，

白马河之恋

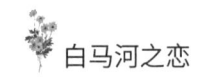

活灵活现。月亮湾则是一段状如弯弯月牙的平静的湖水,湖水里露出两片草甸,好像两个大脚印,传说是成吉思汗西征途中留下的。神仙湾就是另外一番样子了,整个河岸的山坡上,开满了黄色的金盏花和不知名的野花,把整个山谷装点成了花的海洋,我们同行的几个年轻人,在花地上留完影,忍不住在草地上打了个滚,沾了一身的花香味呢。

来新疆之前,我做了一些功课。知道喀纳斯湖周边是西伯利亚泰加林在中国的延伸带,也是中国唯一具有欧洲生态系统的地区。来自大西洋的湿气团长驱直入,给这里带来了大量降水,造就了新疆这片最湿润的绿色世界。由于千百年来一直人迹罕至,整个区域基本保持原始状态。站在喀纳斯湖湖边,碧绿的湖水,倒映着雪山森林,犹如仙境。传说喀纳斯湖有湖怪,并且有人曾用摄像机记录了湖怪出没时的影像,但是根据科学工作者的理性推断,那不过是湖中一种叫哲罗鲑的红色大鱼,身长有2~3米。据说,喀纳斯湖湖水颜色会随着季节变换不定,以"变色湖"著称,我们来时正值夏季,当然只能看到碧绿的湖水。

站在游船上,环湖眺望,湖光山色,碧波荡漾,翠峰倒映,心旷神怡。这么美的景色,藏在这大山深处,千百年来难道无人欣赏吗?问了导游,她说当然不是。导游说,这里有三个图瓦人的村落,一会儿我们的旅游项目就是去图瓦人家去拜访。

图瓦人住着不同于蒙古包的木屋,周围有一圈木栅栏围着，倒是和北欧的村落十分相似。目前世界上图瓦人有20多万，分散在三个国家，约18万人生活在今天俄罗斯境内的"图瓦共和国"，有3万多人生活在今天蒙古国的科布多地区，只剩下不到3 000人，生活在我国新疆阿尔泰山区喀纳斯湖周边的布尔津县禾木村、喀纳斯村、白哈巴村三个村庄，他们也是这片美丽湖水的世代守护者。

我们来到图瓦人的木屋，屋正中挂着成吉思汗的画像，墙上挂着几张兽皮。主人热情地用奶酒、奶茶、奶疙瘩招待了我们，在交谈中，我们感受到图瓦人的善良、好客，他们能歌善舞，主人给我们表演了他们特有的乐器"苏尔"，那是用芦苇管做的一种乐器，有一尺多长，管上有几个小眼，吹奏时和笛子相仿，可以模仿出水声、风声、鸟鸣声，惟妙惟肖。但是最让我印象深刻的是，主人儿子给我们表演的舞蹈《鸿雁》，我们感觉仿佛来到了广袤无垠的草原上：看着天高云淡，看着鸿雁在蓝天下，或奋力冲向云端，或舒展着双翅在天空翱翔，优美的舞姿给人以美的享受，天籁之音更是悦耳动听，当音乐戛然而止时，我们还陶醉其中。

白马河之恋

薰衣草·赛里木湖·巴音布鲁克草原

20年前，被台湾偶像剧《薰衣草》迷得神魂颠倒，如今，剧中男女主人公悱恻缠绵的爱情故事已经记不太清了，然而花语为"等待爱情"的薰衣草却给我留下了深刻的印象。这种紫色灌木散发着高雅迷人的清香，以前只能在欧洲、北非种植，以法国的普罗旺斯种植的薰衣草最为出名，倘若要一睹薰衣草芳容，是不容易的。然而近几年新疆伊犁河谷经过试种取得成功。不巧的是，来的月份不对，只好参观了一下收获过薰衣草的一望无际的花田，还有加工厂生产线上的干花和薰衣草精油成品，无缘一睹薰衣草盛开时的芳华，也算一个小小的遗憾吧！

赛里木湖，古称"净海"，位于新疆博乐市境内海拔2000多米的天山山脉中，是一个风光秀美的高山湖泊。在昏昏欲睡中，导游说赛里木湖到了，睁开眼，车子已经开到了湖边，撞入眼帘的是一片蔚蓝清澈的湖水，那种蓝、那种画面的震撼感，让人刻骨铭心，终生难忘。赛里木湖被称为大西洋的最后一滴眼泪，因为这里是大西洋暖湿气流最后能够眷顾到的地方，来自大西洋的充足水汽，到了这里想要进一步向亚洲大陆扩展时被天山山脉阻挡，形成大量降水，造就了赛里木湖，也造就了赛里木湖周边水草丰美的草原。诗人艾青游赛里木湖时，留下了"你宝石蓝的湖水，一见便教人

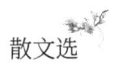

心神荡漾"的诗句。从此，这片纯净的高原蓝，便走进了向往高原之旅的人们的梦里。

巴音布鲁克草原位于新疆巴音郭楞蒙古自治州和静县西北，是我国第二大草原。我们来到这里时，正是这片草原一年之中最美好的季节。我们中午时分进入草原，放眼望去，千里牧场一望无际，偶尔有几块白云在头顶飘过，在草原上投下云影，就像绿缎上绣上了几朵墨绿色的暗花，辽阔的草原上，宁静蜿蜒的河流流向了天边，远处白皑皑的雪山，映衬着高远的蓝天，蓝天下丰美的酥油草簇拥着星星点点的野花慵懒地生长着。当你静静坐在草原之上，感觉微风中飘过一阵阵醇浓的清香，在微醺中，仿佛听到了两百多年前，那东归英雄们的马蹄声、战鼓声，仿佛看到了东归烟尘中猎猎战旗在迎风飘扬。

巴音布鲁克草原是一个有故事的草原。两百多年前，蒙古土尔扈特部落生活在伏尔加河流域，为了摆脱沙俄的民族压迫和恐怖统治，在杰出首领渥巴锡的领导下，抱着不回到太阳升起的地方誓死不回头的信念，在凛冽风雪中，17万人从伏尔加河流域向着太阳启程了。一路艰辛，一路血雨腥风，历尽千辛万苦，终于回到了新疆，乾隆皇帝让伊犁将军将土尔扈特部落安置在了今巴音布鲁克这片草原上。

巴音布鲁克的蒙古语意思为"丰富的泉水"，这里水草丰美，辽阔平坦，开都河玉带般蜿蜒曲折地穿过巴音布鲁克草原，犹如给绿毯般的大地戴上了一条银色的丝带。草原上

白马河之恋

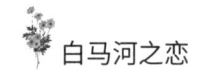

遍布着湖泊沼泽，栖息着我国最大的野生天鹅种群。这里是全国第一个天鹅自然保护区，站在天鹅湖边，眼前的白天鹅有的三三两两在湖里嬉戏，有的在湖面上展翅起舞，有的茕茕孑立，独自游荡在湖面，有的成双成对脉脉含情地独处一隅，诉说着它们的爱情。

导游说，人一旦走进了巴音布鲁克草原，便觉得蓝天很近、白云很近、雪山很近、草原很近，站在天地间，一念心净，人与自然是如此和美，时光静好、岁月无恙，还需要去寻找天堂吗？我心有戚戚焉。

早就听说过，巴音布鲁克草原的日落是最美的，我们今天正好在日落前赶到了最佳观赏点"九曲十八弯"。到了日落时分，金色的夕阳从云层中慢慢走来，绮丽的万道霞光倾泻而下，刹那间草原上的湖泊、沼泽、河流、牛羊，万物都笼罩在了金色的光芒之中，夕阳的霞光下金色的草原光芒四射。开都河九曲十八弯如梦如幻，撼人心魄，让人流连忘返。有幸邂逅这个美好瞬间的人们，无不感叹大自然的神奇，无不感叹光影变幻色调之和美，这是任何画笔都无法调色出来的，大自然才是真正的画师，"此景只应天上有"，今天，遇见了，艳丽绝美的巴音布鲁克草原便永远镌刻在了心中。

致敬兵团

在新疆旅行，关于兵团的这个话题是我们每天都会提及的。新疆有很多"师市合一"的兵团城市，除了最早成立的石河子市外，2002年后又相继成立了阿拉尔市、图木舒克市、五家渠市、北屯市、铁门关市、双河市、可克达拉市、昆玉市、胡杨河市等十个师市合一的城市。每当走过一个个兵团城市，听到每一个兵团屯垦戍边的故事，我常常被这些前辈的故事感动。

我们每走过一个兵团城市，导游都会给我们讲一些关于兵团的故事。其中一个小故事至今令人动容：兵团成立之初条件十分艰苦，大家缺衣少吃，工作环境也十分恶劣，一天到晚劳动强度非常大，紧张的时候一天三顿饭都在地里面吃，平均每天开荒都在十二小时以上，吃的都是白菜、萝卜，后来连这些蔬菜也断了，就只能吃咸菜，咸菜断了以后就吃干馍泡开水。吃了几个月之后，这些开荒造田的战士因极度缺乏营养，好多得了夜盲症。得了夜盲症后晚上回驻地看不见路，团领导就以班为单位召开会议解决夜盲症的问题。那时一个地窝子里住一个班，团里要求一个班必须保住一双眼睛，把班里所有的菜给这个人吃，让他的这一双眼睛不得夜盲症，晚上回来的时候由他领着大家，手牵手一块回来。班里通过了这个决议，那么保住谁的眼睛呢？谁又能有幸得到保住这

白马河之恋

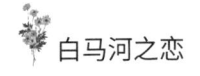

双眼睛的机会呢？按照常理，人人都会抢着说保自己的眼睛，但是他们却相反，人人都推说保别人的。班长一看解决不了，就说：这样吧，谁岁数小就保住谁的眼睛，现在开始报岁数。可是，一些战士明明25岁，他却报30岁，明明30岁他却报35岁。兵团战士的集体主义精神和无私奉献精神在这里大放光芒，照亮了地窝子外漆黑的夜空。班长没办法就从团部拿上花名册，点到了一个年龄最小的战士，就向他传达命令：从今天开始这些菜我们都不吃了，只给你一个人吃……

"八千湘女上天山"的故事更是感人，在国家"有志青年到新疆去，为祖国大西北贡献青春"口号的感召下，湖南8 000女青年报名参军，西上天山，在荒凉的戈壁滩上，扎根屯垦，并组成了中华人民共和国屯垦戍边史上的第一批家庭，此后，来自山东、四川、北京、天津、上海、陕西、甘肃等地的一批批女兵相继加入，在那里生儿育女，在茫茫的大漠戈壁上，演绎了一个又一个悲欢离合的故事，她们被誉为新疆荒原上的第一代母亲。女兵们把自己的青春、爱情和一生都献给了祖国的军垦事业，当荒原中的新城拔地而起，当沙漠变成绿洲，当年的妙龄少女已变成满头白发的老人。

如今，新疆的面貌早已今非昔比，这里边，有多少兵团人的血泪与汗水？"献了青春献终身，献了终身献子孙。"这是这一代兵团人的真实写照。我想，了解这段历史的人，也会和我一样，记住兵团先辈们的无私奉献，把这一英雄群体的伟大精神传承下去。

原载于《西北文学》2021年第1期（总第82期）

风雪夜归人

"柴门闻犬吠，风雪夜归人。"

成年后，每当我读到这两句唐诗，我就会想起铭刻在我记忆中的童年的那一幕——一个风雪交加的夜晚，白毛风带着呼啸声刮了一夜。黎明时分，随着我家院子大门门闩"咣当"一声响，积雪覆盖的院子里，响起"格哇格哇格哇……"的脚步声。我与母亲居住的窑洞的木门，"吱呀"一声被推开，一个人带着满身的寒气，几乎是跌跌撞撞地"跌"了进来。他一进门，用疲惫不堪的声音说了句："我回来了！"我和母亲才确认，进来的人是我等待已久的父亲。但见他：从棉衣到棉帽，浑身上下被雪裹得严严实实；黑色的火车头棉帽子，已经变得像白色的头盔；黑色的大衣也变得像白色的铠甲；

白马河之恋

连眉毛和胡须都沾满了雪。他一进门，艰难地拍打着衣服上的积雪。棉衣上一部分积雪被身体烘得融化了，融化后又结成了冰，冰雪的混合物在他身上结成了一个硬壳，一拍打"嘭嘭"作响。那时，我只有七八岁，盼父亲回来已经盼了很久了。起初以为是梦境，当确认是翘首期盼的父亲真的回来时，我从炕上一骨碌爬起，连衣服都没穿，跳下炕，一把将"雪人"似的父亲，搂在怀里，"呜呜"地哭了起来……

这是1972年腊月，年关将至时的一幕。

父亲是从"梅七线"铁路工地赶回来过年的。那天，父亲进门时，有些冻僵了；手脚麻木，牙齿"咯咯咯"地打着架，连自己的纽扣都解不开；问他什么，他连一句完整的话都说不利索。我们一家人，帮他脱掉湿衣服，让他钻进炕上的热被窝，焐了很久，他才缓过劲来。他坐在被窝里，吃了一碗母亲做的热汤面，然后倒头便睡，从早上睡到晚上，又从晚上睡到第二天早上，才解了乏。

父亲醒来后，我们从他断断续续的叙述中，才了解到他从工地回来时一路上的艰辛。他回来时，同行的一共有本村十几个人，路上走了三天。他们从工地离开时，是三天前的早晨。走时天空零星地飘着些雪花，当天走到天黑，才走到旬邑县的一个小镇上，在车马大店里凑合着住了一夜。第二天，雪下得越来越大，西北风夹杂着鹅毛大雪，吹得人眼睛都睁不开。天地一片混沌，一行人，顶着风雪又走了一个白天，才走到旬邑县和彬县的交界处。这时，天已经黑透了，下坡的路滑得要命，一行人连滚带爬，下了百子沟，跨过百子河，进入彬县境内。上坡的路更难走，每个人手足并用，爬上了炭店公社的东务坡，上了新民塬。到了本乡本土，大家才松了口气。然而，没想到塬上的积雪没过了膝盖，人走每一步都很艰难。那个晚上，夜幕低垂，天黑得像锅底一样，他们只能借助雪地反射的微弱光线，摸索着前进。四周万籁俱寂，除了他们自己的脚步声，没有一丝生命的迹象，人如同来到了冰雪覆盖的孤岛上。周围的树冠上，也落满了雪，积雪沾满枝头，冰挂密集得似乎连风都透不过去。平时直溜向上的树枝，全都不堪重负地耷拉了下来，在寒风中嘶嘶地呻吟着。偶尔有几只避寒觅巢的老鸹，凄厉地尖叫着，从一棵树扑棱棱跳到另一棵树上，震得树上的雪，无声地塌落了下来。凝固的空气被这小小的骚动搅动了，引起不堪重负的树枝"咔嚓"一声被压断了。一路上，老鸹的叫声和树枝"咔嚓、咔嚓"的断裂声，常常突然响起，在漆黑的夜里，往往惊得人一身冷汗。毕竟快到家了，大家一扫一路的疲惫和沉闷，话也多了起来。情绪一旦高涨，身体也有了劲，脚下也挪腾得快了些——想着早一点回家。然而，越急越出问题。到处白茫茫一片，走在前头的人突然停下脚步不动了——原来，他们找不到回家的路了。同行的兴娃叔，走州过县是个老江湖，嘲笑前面的人说："你丢人哩，离家十来里地，土生土长的，还能迷了路？我闭着眼睛都能走回去！"于是，大家就起哄，让兴娃叔走在前面，给大家带路。然而，走了几个小时，又

白马河之恋

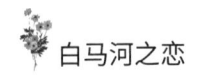

回到了原地,因为他们又看到了自己先前解手时留下的痕迹。夜深了,雪越下越大。父亲是村干部,又是民兵连长,从离开家乡到回家,都是这一行人的灵魂。他很自信地走到队伍的前头,说接下来他来带路,让因带错路而灰塌塌的兴娃叔走在后面跟着。然而,自信的父亲带着他们前行,走到黎明时分,都听到远处的鸡叫声了,也没能走到我们村。不但如此,一夜的折腾,让所有人都失去了方向感,在这白茫茫的旷野上,没有一个能说清楚自己村庄的位置……

我们队有个老饲养员,是个七十多岁的老人,我们叫他蛮蛮爷。父亲到家的那天,天微微亮时,蛮蛮爷感觉饲养室炕凉了,起来去大场里撕麦草,准备再烧烧炕。到了大场上,无意中向田野里一望,看见晨曦中一行人,在村外的麦田里指指点点,驻足不前。他纳闷:下雪天的,又是大清早,没事谁会出门呢?他感到很奇怪,以为是一伙盗墓贼。因为那些人站的地方,离村的公墓不远。蛮蛮爷在村上德高望重,一向把那些鸡鸣狗盗之徒不放在眼里,便扔下柴笼,一身正气地走过去看究竟。一搭腔,才发现是本村的民兵从"梅七线"回来了,一行人东张西望是找不到村子了。蛮蛮爷赶紧把他们领进了村。父亲告诉蛮蛮爷,塬上十几里的路,他们走了一夜,找不到咱们村了。见多识广的蛮蛮爷哈哈一笑,平静地说:"你们遇到鬼打墙了,没有啥,赶快回家歇下吧!"

后来,我问父亲什么是"鬼打墙",父亲说,我们这里人,在野外,尤其在冬季的雪地里,或者在夏秋季节大片的庄稼地里，常常会迷路。迷路后，只在一个小的范围内原地打转；有时，走了几十里路，又回到出发点，本地人把这种现象叫"鬼打墙"。意思是，鬼在你前行的路上打了一堵墙，就像走进了迷宫一样，任你怎么走也走不出去。这当然是一种迷信的说法。长大后，我在书本上找到了答案：人在失去方向感后，会按照自己判断的方向前行，由于人两条腿的长短有差异，迈出的步子大小也有差异，凭着感觉走，走出的轨迹，一般是一个圆形。也就是说，走了很久后，又回到了原地。

父亲是个极普通的农民，中华人民共和国成立时才二十多岁，正值青春年华。他没上过一天学，靠着自己的聪明好学，学会了写字，学会了算账。他自嘲是"白识字"，也就是说学文化没花过钱。他由于在旧社会受过苦，所以对新社会投入了满腔热情。他为人厚道，做事有公心，村里、队里的事他样样冲在前面，深得乡亲们的称道。他是中华人民共和国成立后村里发展的第一批党员，然后从农业社的小队长、大队民兵连长，做到大队的大队长。我有时纳闷：父亲一个没有上过学的人，竟然能在群众大会上脱稿讲话一两个小时不打绊子；组织群众学习《人民日报》社论，竟然能把报纸内容从头念到尾，这背后得付出多少努力才能做到啊！

在父亲离开家的那一年里，"梅七线"这个词，常常从母亲口里说出。我只觉得它是一个地名，在很遥远的地方。长大后，这个童年时萦绕在我心头的名字，常常吸引着我探寻的目光。了解后才知道，"梅七线"是陕西中部、黄土高

白马河之恋

原腹地当年修建的一条铁路线。

　　1972年，父亲是过完正月十五元宵节后，以本村民兵连长的身份，带着十几个民兵去几百里以外的梅七线，参加铁路建设大会战的。所谓民兵，基本都是本村的青壮年劳力，所以好多运动，民兵都是冲在最前面的。父亲后来说：说是民兵，和民工一样，每个人背一个铺盖卷，走两百多华里的路，走到工地，回来也是走着回来的。那时候，正是困难时期，国家财力有限，好多大工程都是靠搞大会战的方式来实施的，梅七线也不例外。人们追求的是政治思想的进步，比赛的是奉献精神。工地上一切行动听指挥，只管吃住，不发工资，民兵只在本村挣工分。

　　记得很清楚，父亲去工地的那一年，从春季到夏季，又从秋季到冬季，我都是在对父亲的思念中度过的。冬天刚穿上棉衣时，和父亲同去的一个同村人因受伤提前回来了。他来我家，捎回了20元钱，这是父亲把每月每人五元钱的洗漱补助费省下来，捎给家里补贴家用的。带回的口信是，父亲会在腊八前回来，因为到那时土地上冻了，工地上就没法干活了。于是，腊八就成了我等父亲回来的一个时间点。那时候，我们家孩子多，经济很拮据，不是每年过年都能穿上新衣服的，常常是在春节前，母亲把我们兄弟几个穿了一冬的棉袄拆洗一下。这一年也是，母亲在腊八前就早早地干这项活了，所以我们便在腊八前穿上了干干净净的棉衣，已经有了一丝过年的感觉了。在我们老家，过腊八有两件有仪式感的事情：一件是腊八早上家家户户吃煎汤面（腊八面），另一件事是腊八前夜，孩子们冻冰冰。腊八前几天，母亲就为这一顿煎汤面忙活了。她早早磨好白面，用黄豆换来两斤豆腐，在集市上细心地买回菠菜、红萝卜、芫荽等煎汤面所用的配料。过腊八节的序幕是腊月初七晚上拉开的。初七傍晚，过节的气氛已经弥漫了村里的农家小院，家家大人都在准备腊八早上的煎汤面。据说腊八早上的煎汤面，吃得越早越好，所以，家家户户都在前一天晚上擀面做准备了。我和哥哥趴在炕沿上，看着母亲和面、揉面、擀面、切面、提面、码面，口舌下咕噜咕噜地咽着口水，恨不得煎汤面马上吃到嘴里。母亲做得不慌不忙。母亲十几岁就会做饭了，她的茶饭在村里是数得上的，因此住队干部常常被分到我家吃饭。她和的面，别人揉不动；她擀的面，筋得扯不断；她切的面，又细又匀又长。她每次擀面，从前到后，全身心投入，仿佛是在完成一件艺术品。面擀好了，她又准备煎汤的材料：一项一项仔细地切好，葱花、红萝卜丁、豆腐菱形片、干黄花菜丁、鸡蛋菱形片、菠菜、韭菜……就差第二天早上点火下锅了。每年母亲干这些活时，都全神贯注有条不紊，今年却不同了，母亲总是心不在焉，一边干活一边不停地向院子里张望，我知道她是在等父亲回来。

大人忙活完了，睡觉前，我们这些小孩，就做另一件有仪式感的事——冻冰冰。如果说吃腊八面是物质层面的期盼，那么冻冰冰就是每年一次精神层面的享受了。它构成了我对

白马河之恋

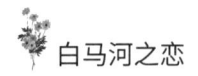

腊八节的甜蜜、温馨、色彩斑斓的记忆，是孩提时代一年一次难得的乐趣。冻冰冰所需的原材料是胡萝卜、香菜、凉开水、白砂糖或者糖精、线绳以及盛水的碗等。整个制作的过程简单而富有童趣：先盛一碗加了糖的凉开水，把胡萝卜切成若干薄片和一个厚片，薄片用剪刀剪成各种图案，如五角星、太阳花等，可以漂浮在水中；厚片的中间扎一小孔系上线绳，沉于水中，线绳另一头结成环状搭在碗沿，作为提冰的拉绳；把香菜叶以及五谷颗粒轻轻撒入水中；人工制作完成了，把碗平稳地放到室外窗台或者院中央的平台上，让寒冷的天气来完成后面的工作。而这个夜晚，孩子们睡觉往往是不踏实的，会做许多有关冻冰冰的梦；有时半夜醒来，顾不上室外零下十几摄氏度的严寒，跑出去查看，看冰冰冻结实了没？等到次日，也就是腊八清晨，我们兄弟几个每人都可拥有一碗自己制作的冰冰。我们把冻好冰冰的碗拿回窑内，在炕上稍放片刻，冰坨坨就与碗分离了，抓住绳子一提，一个五颜六色、晶莹剔透的冻冰冰就提在手中了。这时候，大人会过来查看，看冰冰中的哪一种粮食浮在冰面的突起部位，就说来年哪一种粮食会丰收，开春种粮食时，就会加大这种粮食的播种面积。我们的心思在吃冰冰和玩冰冰上，谁会关心种粮食的事呢？

腊八早上，吃完热气腾腾的煎汤面，没上学的小孩子，一人提溜一块冰冰，在村道里乱窜，比较看谁的冰冰冻得颜色漂亮、样子好看；比较完了样式，太阳就耀得冰冰慢慢地滴水了，小伙伴们，弯下脑袋互相品尝对方的冰冰，大家会评说谁的冰冰更甜些。冰冰甜的人，腊八这天会得意一天。而我们这些上学的孩子，就没有村童那么慵懒悠闲了。手里拎着冰冰，仿佛提着一件珍贵的艺术品，从家里把玩到学校教室，见了同学，炫耀一番，然后在桌子上磕碎，一人嘴里含一块，像吃冰糖一样。正甜滋滋地含着呢，老师就走进了教室。

　　这一年的腊八面，父亲最终还是没能赶上。虽然我们缺少油水的肚子那天吃得胀鼓鼓的，甜滋滋的冰冰也吃到了嘴里，但缺少了父亲的节日，总觉得心里空落落的。腊八节没赶上，腊月二十三小年夜父亲依然没回来，到了腊月二十六，是我们镇年前最后一个大集了，母亲便慌了——得赶紧采办年货了。以前过年，一到腊月，父亲就今一点、明一点地采办年货了，母亲从来不操这方面的心，到了腊月二十六，年货基本都已办齐了。今年一直推说等父亲回来了办，所以年货一点也没办。那天，在腊月二十六的集上，母亲破天荒地买了猪肉、粉条、各种蔬菜、糖果、核桃、花生等年货，孩子们的心便稳了下来。

　　父亲到家，已经是腊月二十七的早晨了。村庄里已经有了节日的气氛，大部分人家全天不停火地蒸馒头、蒸包子；心急的人家肉已经煮出了锅，在炸制肉丸和麻叶；一时间，各种蒸煮煎炸的香味弥漫了村子的上空。父亲回来了，这个年终于可以圆满地过了。从这一天开始，我心头的鞭炮声似

白马河之恋

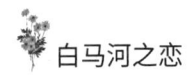

乎就没断过。在小孩子的心里,年就是欢乐,就是美满,就是团圆,虽然雪一直没有停,但我似乎已经看到了春暖花开的样子。

◎ 评论选

原载于《西北文学》2020年第3期（总第78期）

一部有着重大现实意义的力作

——读高鸿长篇小说《平凡之路》

近年来，陕西著名作家高鸿的创作收获颇丰，丰产到令人目不暇接的地步。我关注高鸿的作品，是十多年前的事了。十多年前，作家高鸿《沉重的房子》被新浪网评为2006年度十大重磅经典小说，各大网站在首页推出后，点击率突破四千余万次，小说销售量突破十万册，再加上三种盗版书的销量，突破几十万册是肯定的，一时洛阳纸贵。我陆陆续续地读过他的一些作品，由于每部作品体量都比较大，而我看书又不是一目十行之人，喜欢精读，所以读得比较慢。今年，一场疫情令我因祸得福，有大段的时间来挥霍，于是我满足了自己一个心愿，在网上购回了高鸿老师近几年在书友中风

白马河之恋

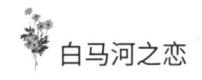

靡、在大江南北风行的大量著作，像《沉重的房子》《农民父亲》《血色高原》《黑房子 白房子》《青稞》《情系黄土地》《艰难超越》《水无穷处》《一代水圣李仪祉》等。每天卷不释手，几个月下来，防疫的口罩还没摘，而我书已读完。正愁阅读"高氏风格"的小说成瘾、意犹未尽之时，见到了高老师墨香四溢的新作——长篇小说《平凡之路》，于是便在三五天之内一口气读完，受益良多，感触颇深，我便有了写一篇读后感的冲动。

《平凡之路》是一部50万字的长篇小说，如果从体量上看，已经是一部大部头了。说它是大部头，不仅仅是因为50万的文字容量，更重要的是作品超长的历史跨度，沉甸甸的历史厚重感。它是一部文脉同国运相牵、文脉同国脉相连的大作。虽然作品的重头戏在近四十年，实际上故事的脉络和展开，在百年前就开始了。作品描写了咸阳市旬邑县农村青年田安国弟兄八人成长奋斗的故事，也讲述了田家上溯三代的家史。作品浓墨重彩的部分，是以我国改革开放为大背景，描写了改革开放以来社会主义新农村发生的沧桑巨变，描写了改革开放带来的人们思想观念的解放和视野的开阔，讲述了田安国及他的几个兄弟先后通过考大学、当兵、去油田当工人等途径跳出农门，凭借自己的努力，闯出了一片新天地的奋斗历程。主人公田安国始终以上进的心态，完善自我，追求人生价值，其面对困难百折不挠的精神令人感动，读来熠映幽暗，烛照人心，催人奋进，带给人们一股强烈的正能量。

田安国在成功之前，干过九种职业。在每一个工作岗位上，无论面对怎样的困境，他都表现出不屈不挠、勇往直前的精神。当他最初进入城市、进入企业时，他对前途、对未来是迷茫的，后来在徘徊和阵痛中逐渐融入企业，努力工作，在大哥的引导下，他不囿于现状，经历了无数的艰难和挫折后，另辟蹊径，远涉重洋到德国打工，成功赚到第一桶金，然后办企业，搞贸易，重塑了他的人生价值，实现了他的人生梦想。

小说一开始就用一种诗性的语言——秉承了高鸿小说一贯的风格——把读者带入了一个山大沟深风雪交加的夜晚："田安国噙着泪夺门而出。北风嘶嘶地吼着，巨大的夜幕黑沉沉地压了下来，像只张牙舞爪的怪兽。风裹着雪花在空中乱窜，硬硬地砸在脸上。他打了个寒战，脚下一个趔趄差点跌倒……"这是一种典型的以景写人的开头方式，这一段传神的环境描写，表现出了深刻的文学寓意，用无情的风雪来表现人物内心的矛盾和冲突，寥寥几笔，画面感跃然纸上，读者就被人物命运的悬念吸引住了。高鸿塑造典型人物的能力是超一流的。小说第一章里，他成功塑造的人物形象，不是未成年的田安国，而是他风流倜傥、干练潇洒、举手投足都散发着个人魅力的"超人"伯父："阳光稀少的日子，屋顶上的雪刚融化，树上的麻雀一窝蜂似的做着游戏，把场院变成了它们的世界。这个时候，伯父赶着两批载满粮食和土特产的骡子回来了。骡子皮色油光闪亮、威武雄壮，挽具和鞍具上装点着鲜艳的红缨子……伯父边走边摘下硬腿水晶石

白马河之恋

墨镜，放进挎在腰间的蛇皮眼镜盒里，把狐皮帽子帽檐往上一翻，径直走进北面的厦子，脱下那'宁夏筒子九道弯'的雪白皮袄，解下又宽又长的白布腰带……伯父头戴狐皮帽，身穿羊皮袄，脚蹬翻毛皮靴，戴着水晶石墨镜，跨上威风凛凛的'四云蹄'……那阵势带给梁庄人的震撼，绝不亚于现在的宝马、路虎和奔驰……伯父对家里的援助由来已久。听三哥说，早些年，伯父每次回来，人高马骏的，正大光明的……在安国的记忆里，这些山里回来的货物似乎是个聚宝盆：冬天的野味，青黄不接时的粮食，夏天的山果，秋天的蔬菜，苹果等等。"我们读到这里，能感觉到饥饿状态中的八个孩子，如一群嗷嗷待哺的小鸟，看到如此卓尔不凡的伯父，是多么羡慕和敬仰，在他们幼小的心里，伯父就是自己的偶像，以至于后面小说故事的推进中，我们能感受到，在大哥建国的身上，一直都有伯父的影子，这是一种精神的传承。孟子"理亦无所问，知己者阒耆。良驹识主，长兄若父"的思想，一代一代融入了华夏子孙的血液中了。我感觉，这也是作者通过作品想传递给我们的一种优秀的民族伦理文化。每个家族都有自己的成功者，读到这里，不由得会联想到自己的家族。我老家位于彬县新民塬，与小说中主人公生活的地方就隔一道沟。我也有一个同样成功的伯父，他是我们塬上的名厨，塬上的婚丧嫁娶都"过事"，每家过事都以他来掌勺为荣。他乐善好施，长兄如父。在我幼年父亲去世后，伯父无论在物质上还是在精神上都给过我许多帮助和关怀。伯父年轻时家贫，在街上逃难的河南姑娘中，领了一个女子为妻，她就是我后来的大妈，他们一起生活了六十多年。二十世纪八十年代伯父和伯母日子好过了，伯母当年是逃荒出来的，想衣锦还乡，伯父就把她送到西安，送上火车。那时候我正在西安读大二，伯父顺道来学校看我，他到我们学校时，头戴狐皮帽，脚蹬翻毛皮靴，身穿黑色羊皮大氅，大氅露出的羊毛有一拃长。他这一身在老家出门才穿的"礼服"，在西安已经很老土了。但伯父很自信，说话高喉咙大嗓子的。他走后，宿舍的同学说："你伯像'坐山雕'。"我说："你咋不说像杨子荣呢？"大家哈哈一笑，留下了很深的印象。

《平凡之路》中，田安国他们家有兄弟八个，老大田建国大学毕业后，留在北京工作。老二田兴国、老三田卫国都当过兵，转业后在华北油田工作，老三田卫国是油田医院的医生。在大哥的斡旋和奔波下，老四田保国、老五田少国被招工到油田，老五田少国有文化，当了技术工人，老四田保国没上过学，成为一名厨师。后来老六高中毕业也被招工到油田当了工人。小说的主人公田安国是他们家的老七。他16岁初中毕业，学校以可笑的理由——"两个哥哥先后都上了高中，这次轮也该轮到别人了！"——没有推荐他上高中。田安国的第一份职业应该算是农民。虽然他之前在生产队只干了几年活，然而记忆的底板上永远都保存着那些艰难的片段，艰苦的自然环境和高强度的劳动，锤炼了他的筋骨和意志，为他后来经受一次次挫折，度过一次次磨难，打下了良好的身心基础。他的第二份职业是汽修工,这是他跳出农门当了工人后的第一份工作,然而没干几天运输处被撤销了,他就被分配去金属管道厂当了铆工,这是他的第三份职业。铆工这个工作和飞溅的钢水、沉重的大锤打交道,年仅16岁的他无法胜任,又被调到油田的农场去挖水田、种水稻,这是他的第四份职业。一个偶然的机会,他在稻田里遇见了下来视察的公司领导,这天领导心情好,让他唱了几句秦腔,对他留下了很好的印象。公司的通信员犯了错误,领导觉得田安国比较老实,就让他当了通信员,这是他的第五份职业。通信员的工作干了两年,由于没有文凭,机关待不了,他必须回到基层去当工人,这时,机关工会需要电影放映员,他就当了电影放映员,这是他的第六份职业,在此期间,他在大哥的建议下开始学习英语,并且争取到了去北京外国语学院培训的机会,学习归来后他当了出纳,因为突出的英语水平,进了科研所当英语翻译。当翻译后,他想出国深造,按正常程序办了四年出国手续,都没办成。最后在其四哥帮助下,以厨师的身份出了国……总结下来,从离开老家旬邑,到出国到德国当厨师,田安国总共干了九种职业。他做梦也没想过,最后帮助他完成出国梦想的,竟然是他最不愿干的厨师工作,而且还有国际、国内承认的三级厨师证。作者通过田安国的经历,告诉读者:"多么令人啼笑皆非啊!然而,生活就是这样,你要想不被淘汰,就需要不断地做出调整,咬紧牙关迎难而上,才能适应瞬息万变的生活,立于不败之地,逆风飞翔,成就你的人生梦想。否则一辈子浑浑噩噩，醉生梦死，最终将一事无成，成为社会的弃儿。"小说由此进入高潮部分，田安国通过到德国打工，开阔了视野，感受到了一个全新的世界。一个偶然的机会，他接触到了德国啤酒设备生产商，通过一桩生意，进入了这个行业，并且成为德国一个知名品牌啤酒的中国代理商。在成功赚到第一桶金后，他不忘回报桑梓，返回家乡投资现代化生态农业，带领家乡父老乡亲走上了一条共同致富的道路。

看罢《平凡之路》，掩卷沉思，我的第一个感觉就是：《平凡之路》与路遥的《平凡的世界》有着血脉的承继，并且比《平凡的世界》的年代与读者靠得更近，人物也比《平凡的世界》多，故事的主题更为宏大。毋庸置疑，如果说，陕西文学大省的地位，是一代一代陕西作家用自己的作品浇铸起来的，那么高鸿的《平凡之路》，就是给这一成就增加了一枚新的砝码。第二个感觉，都说小说是一门结构的艺术，看了《平凡之路》，我感觉小说家高鸿已经深谙小说创作的要旨，主题的提炼、叙述进程的把握、人物出场的排布已经驾轻就熟，做得非常到位。加上作者独特的目光、开阔的视野，故事写得既鲜活又生动，避免了纪实类文学作品所固有的概念化和生涩之感，给读者留出了相当宽泛的思考空间，应当说《平凡之路》是一部相当出彩的好小说。

文学是用语言塑造形象，以反映社会生活和表达作家思想感情的"语言艺术"，它通过形象的美感作用，对读者产

白马河之恋

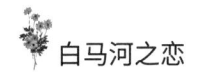

生潜移默化的影响。读者在看长篇小说时，更多的注意力往往在故事的情节上，而对语言的要求不像对中短篇小说和散文的要求那么高。然而，高鸿的《平凡之路》在人物刻画、故事的传神、语言的精粹等方面，创造出了又一个异彩四射的文化高峰。其独特之多、底蕴之深、意境之美，给读者带来了特有的怡悦和艺术享受。

在人物刻画方面，前面说过的伯父就是一个成功的例子，四哥也是："对于四哥，安国由衷地钦佩。四哥年长他六岁，干活麻利，快人快语。他是他们兄弟之中唯一一个没进过校门的人。但自从大哥、三哥把他弄进油田当了工人，已经二十多岁的他不仅刻苦学习摘掉了文盲的帽子，还考取了二级厨师证。四哥识字后喜欢看书，他阅读了大量经典小说，而且练习书法，学习写作，成了他们兄弟们中的传奇人物。"

《平凡之路》中有好多底蕴深刻、语言精美的章节，钻石般闪光的字句，在小说中可谓灿若群星，如果单独行文，会成为一篇篇有深度、可以直接触及人灵魂的美文："在安国看来，很多时候，人生便是个圆。有的人走了一辈子也没有走出命运画出的圆圈，然而，圆上的每一个点都有一个腾飞的切线。我们的生活很精彩，我们的生活很无奈。现实生活没有导演，但每个人都像演员一样，为了合乎剧情而卖力地表演着。有人演着演着融入了剧情，演得惟妙惟肖、炉火纯青，最终功成名就、大富大贵；有人迫于无奈仓皇上阵，忍气吞声，随波逐流，最终兵挫地削，鼓衰力竭，意夺神骇，伤夷折衄。许多时候，人的命运是掌握在自己手中的。要么你驾驭生命，要么生命驾驭你，你的心态决定你是坐骑还是骑手。生活是一面镜子。你对它笑，它就对你笑；你对它哭，它也对你哭。"

再譬如："感谢伤害你的人，因为他磨炼了你的心志；感谢欺骗你的人，因为他增长了你的智慧；感谢中伤你的人，因为他砥砺了你的人格；感谢鞭打你的人，因为他激发了你的斗志；感谢遗弃你的人，因为他教导了你的独立；感谢绊倒你的人，因为他强化了你的能力；感谢斥责你的人，因为他提醒了你的缺点。怀着一颗感恩的心，感激一切使你成长的人！"

《平凡之路》中，意境之美的描写俯拾皆是："窗外，一轮明月渐渐地爬了上来，树影婆娑，暗香浮动。这样的月，这样的夜，使他想起了二连浩特的草原。草原上月光如洗，微风拂面。那个曾经深爱着的人紧紧地依偎着他。他捧起了她的脸，她的脸温润洁白，圆如满月。长长的睫毛，微微翻起的双眼皮，水汪汪的眼睛炯炯有神……"

从文学性来看，《平凡之路》有这么几个特点：

其一，小说的语言是传统的，但作家的创造显而易见。《平凡之路》中，文学语言的优异之处，就在于以创造为胜，作者写人写景，用精妙字词编织语句，五光十色，准确形象。秉承了柳青、陈忠实、贾平凹等陕西作家一贯接地气的文风，语言精短，出奇别致，遣词造句，万千妖娆，许多方言俚语

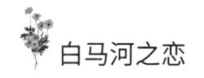

的熟练运用，使小说语言更生动、人物塑造更准确传神，有巧夺天工之功效。

其二，小说的叙述是从容的，看不出雕琢的影子。这与这部小说有故事原型、有很强的真实性和纪实感有关。文学是一座扑朔迷离、辉煌耀眼的金色殿堂，那么造就它的作家，对于读者而言，往往被涂上神秘色彩。如何以文学的语言讲述普通人的生活、情感、生存状态，这对作家的功力、水平、经验、视野是一个严峻的考验。因为这触及"当代作家应该以怎样的姿态反映现实生活"这样一个从延安文艺座谈会以来，一直试图解决，而又没有很好得到解决的时代命题。高鸿的《平凡之路》成功解答了这一命题，而且是一份优质的答卷。

其三，小说的叙述是丰富的，但突出在极致。《平凡之路》中，作者的叙述在继承传统中有了更多的发扬，他把细腻化合为粗犷，把错杂演变成斑斓，把文字的功用无声无息渗透进人们的心田，像春夜的细雨，丝丝滋润人心，把平凡的日子变成了岁月的年轮。眼下各种人物传记类小说堪称汗牛充栋，但真正能使读者于文辞有所学、于章句有所鉴，诵之思之昂扬而有生机，又情醉大地的并不多。高鸿的《平凡之路》能集刚强、柔媚于一体，木奇苗秀，难能可贵。

"我们的文学艺术都是为人民大众的"是1942年毛泽东同志《在延安文艺座谈会上的讲话》中提出的重要命题，

柳青先生积极响应号召，长期深入农村，亲身参加农村变革，积累写作素材，创作出文学经典《创业史》。时隔72年，2014年习近平总书记在文艺工作座谈会上提出"坚持以人民为中心的创作导向"，希望广大文艺工作者"虚心向人民学习、向生活学习，从人民的伟大实践和丰富多彩的生活中汲取营养，不断进行生活和艺术的积累，不断进行美的发现和美的创造"。沉下身子，写老百姓、写普通人，亲身体会社会变革。柳青先生的文学精神已经成为陕西作家群体的精神标杆，在这个群体中达到了高度的认同感和秉承意识，渗入作家们的生命血脉和创作血液中。高鸿就是新时期这一文学精神的传承者和实践者，他历时五年，采访足迹遍布陕西旬邑、河北省华北油田、北京、深圳等地区，以及新加坡、德国等国家。一分耕耘一分收获，一部带着泥土的芳香、带着时代的回音、带着满满正能量、带着文学特有魅力的五十万字的宏伟巨著，在作家高鸿笔下诞生了。我们在拜读《平凡之路》的同时，也期待高鸿老师创作出更多像《平凡之路》这样的好作品奉献给读者。

原载于《杨凌文苑》2020年第4期（总第107期）

对荒诞的社会现实的批判与反思
——读贺绪林小说《黑杀口》

许多人关注贺绪林老师的作品是源于2003年播出的一部电视连续剧《关中匪事》，该电视剧是根据贺绪林的长篇小说改编的。电视剧的热播使民国时期关中的土匪文化引起了人们的关注。电视剧插曲中"他大舅他二舅都是他舅，高桌子低板凳都是木头，金疙瘩银疙瘩还嫌不够，天在上地在下你娃甭牛……"那豪迈的陕西民谣，当年唱红了大江南北。

贺绪林老师的中篇小说《黑杀口》是贺老师以"土匪""刀客"为写作对象的系列小说《关中枭雄系列》——《兔儿岭》《马家寨》《卧牛岗》《最后的女匪》《野滩镇》之后，在

白马河之恋

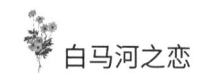

2018年推出的又一部同题材小说。这部小说,是贺老师在之前这一题材小说取得巨大成功之后推出的,细品之后发现,在故事人物具象的塑造、故事架构的建立、悬念的设置、叙事的节奏、写意的铺陈、语言的锤炼、个性化语言的驾驭等方面都新意迭出,显现出一个成熟小说家炉火纯青的写作功力,也牢牢地吊足了读者的胃口,让读者身临其境,欲罢不能,不停地想知道"后来呢?"。记得贺老师曾说过:"我的作品,不管哪一部,您看过三页还觉得不能吸引眼球的话,就把书扔了吧,免得耽搁您的时间。这不是广告词,是心里话。好了,不啰唆了,您看书吧!"几句话,弥漫着陕西人特有的个性。从另一个角度,也体现了一个成熟作家的艺术自信。

《黑杀口》讲的是中华人民共和国成立之前,在关中平原渭河北岸一个叫霍家寨的地方发生的一段传奇故事。作者用倒叙的手法,讲述的是一个土匪和他的四个仇家之间的恩恩怨怨、纠缠争斗,最后土匪被杀的故事。故事的中心人物不是很多,按照人物的出场顺序分别是主人公霍天雷,霍天雷的养子满囤,跟霍天雷结下梁子的三个同村人黑球、窦引生、柳老八。霍天雷的养子满囤因行为不端被养父殴打后分家另过,于是和养父结了仇。为了"报仇",他买通与养父有过节的同村人黑球、窦引生、柳老八,终于将其养父霍天雷暗杀。

霍天雷是一个十分复杂的人,他在族里排行老四,因而村里人称之为"四爷",霍四爷明里是屠夫,有"一刀封喉"的杀猪手艺,暗中却是个"撵月亮"的"刀客",也就是土匪。

他曾在黑杀口只身打死一匹白毛狼，从而威名远扬，成为众人口中的强人和英雄，再加上平日里在村里匡扶正义、扶弱帮困，因而在乡邻里有很好的口碑和人缘。他在村人面前，是传统伦理道德的维护者和执行者，他严格遵守"兔子不吃窝边草"的行规，遵从"祸害乡里乡亲天理难容"的信条，且以一己之力维持着村里的秩序，以一身武艺保障着村里人不受外人欺凌，同时又是个"不能没有女人"且娶了一个又一个，还在外边有相好的人。他离开霍家寨到了终南县，就成了一个心狠手辣的魔鬼、人人胆寒的土匪。他是一个具有多重性格、人格复杂的矛盾体。他在村里的强势做派跟村里几个人结了仇，他们心心念念、黑黑明明盼他死。第一个想让他死的人，是他的养子满囤。满囤也是一个性格复杂的人，他是霍天雷第二次结婚娶的寡妇"拖油瓶"带到霍家的养子。这个养子天生一对"蹦蹦眼"，霍天雷从开始就看不惯他。几年后，满囤长大了。有一年霍天雷救助了一对逃难的母女，这对母女临时借住在霍家，满囤强暴了那个女儿"大妞"。霍天雷知道后，大怒，因而打了养子满囤两个耳光，给这个养子分了六亩地，让这个养子分锅另过。之后，这个满囤，不思悔改，在邪恶的道路上越走越远。趁霍天雷外出之机，企图强暴其后母，因慑于霍天雷的"威名"而未能得遂其愿，更加积怨成仇，心心念念想置其养父于死地，企图达到强占后母的目的。为了达到这一目的，满囤孤注一掷，以六亩土地为代价和诱饵，利诱同村人黑球、窦引生、柳老八三人，

白马河之恋

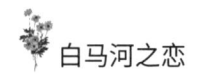

实施对霍天雷的暗杀计划。帮凶黑球、窦引生、柳老八全都是经历复杂、人性扭曲的人。黑球是个"撑月亮"的"眼线",也就是业余土匪,因给外地土匪做眼线抢劫本村人,遭到霍天雷威吓,为消灾弭祸不得已将自己的老婆送到霍天雷的床上,于是与霍天雷之间产生了夺妻之恨。为了出这口恶气,他与霍天雷的养子满囤一拍即合,沆瀣一气,参与了对霍天雷的暗杀。窦引生是霍家寨的外来户,他的宅基地和霍天雷的耕地是对着的,也就是说他一出大门就得踩霍天雷的地皮。霍天雷曾扬言:"姓窦的本事大,我要叫他姓窦的出门坐飞机!"霍天雷是个土匪,窦引生既怕他又恨他,满囤以两亩地作为诱饵,动员他参与对霍天雷的暗杀行动,他很自然地答应了。柳老八是个轱辘子客(赌徒),正输得只剩下一件破棉袄,被满囤以一顿羊肉泡和两亩地作为诱饵拿下,也同意参与对霍天雷的暗杀。在养子满囤的撺掇下,霍天雷的三个仇人,终于在冬日的一个黎明,把霍四爷暗杀在了黑杀口。黑杀口当年是霍四爷只身杀白毛狼的扬名之地,今日也成了霍四爷的葬身之地。

当时警察局案子破得很快,将霍家寨与霍天雷有些小矛盾的另一个屠夫保成抓了,一顿大刑伺候,保成撑不住屈打成招,很快被处决了。不久共产党建立了新政权,严惩反革命分子、恶霸地主和土匪。黑球惶惶不可终日,只得亡命天涯。几年后,政府有了畏罪潜逃者投案自首,政府给予宽大处理的新政策,黑球回来后投案自首,交代了当年暗杀霍天雷的经过。这时人们才终于明白冤屈了屠夫保成。然而，此时时过境迁，霍天雷是土匪，有人命，且人已死，也就不再追究。满囤、窦引生和柳老八都是贫农，当年暗杀霍天雷也算是"事出有因"。也有人说，他们四个人暗杀土匪是"为民除害"，不给立功也就罢了，还追究啥哩？功过相抵，这件事也就不了了之了。黑球虽然也是土匪，但能遵守政府法令投案自首，故给予宽大处理，判刑两年，监外执行……

小说《黑杀口》给人的启示和警醒是多方面的。是对荒诞的社会现实的批判与反思。小说情节一波三折，韵味悠长，很耐品咂，也很有意趣，让人读得过瘾，同时更多的是让人一咏三叹和惊醒。整篇小说虽讲的是旧时代乱世的人和事，却活生生将人性的扭曲、丑陋和天道的恢恢展露无遗，当然也有乱世的冤屈，以及时代交替的无奈和最终天理的昭彰。《黑杀口》整篇小说中，没有高大全的人物形象，有的只是极其普通的人物的命运。草根人生的传奇，依然能够引人入胜，令人如痴如醉，读后"别有一番滋味在心头"，发人深省的余韵久久挥之不去。命运捉弄着每一个人，没有完美的故事，却有真实的人性，人性在受到道德和良心拷问时，作为社会底层的农民阶层会有自己的选择。小说似乎是在讲一个离奇的故事，其实是在讲人和人性。人性中丑恶的一面，在一场暗杀中表现得淋漓尽致。作者在小说《黑杀口》中，娴熟地运用关中方言来推进情节、刻画人物、描摹场景、表达情感，把小说人物的生存状态描写得生动传神又十分逼真，让人读

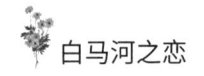

来特别有场景感,宛如在欣赏一幕话剧。

贺绪林成长于关中西府地区,那里从民国以来就是匪患多发之地,长期以来,民间传说和野史中都有大量对本地匪患的记载。他曾在《关中匪事》自序中说:"家乡一带向来民风剽悍,几乎每个村寨都有为匪之人,都流传着关于土匪的传奇故事。追根溯源,这些为匪者或好吃懒做,或秉性使然,或贫困所迫,或逼上梁山……尽管他们出身不同,性情各异,可在人们的眼里他们都不是良善之辈。"中国的"匪"紧紧地与"土地"联系在了一起,无法把他们与土地剥离开来。"土匪"身上洋溢着的往往是"酒神精神",是非理性的存在,他们喷薄的欲望与强健的肉体共同动荡着他们脚下深厚的黄土地,这个特殊的群体长期处于被边缘化的位置,但他们更像是历史迷雾中闪烁微光的星芒,点缀着民间野史。

与常见的、以猎奇和娱乐为目的的土匪小说不同的是,贺绪林笔下的"土匪"形象摆脱了扁平化、刻板化的桎梏,更符合角色的本色和生活的真实。他刻画的"土匪"或为劫富济贫、敢爱敢恨的"义匪";或为阴险狡诈、足智多谋的"智囊",并非单一的嗜杀、好赌之徒。个别作家在描写匪类题材时,往往放大了土匪身上的"恶",而忽视了土匪人性中真实的一面,贺绪林对土匪形象的刻画显然要更为饱满。

霍天雷是个多面体,因而也就有了多面性。这也正是作者想要通过《黑杀口》这篇小说,告诉读者的一个隐伏于小说字里行间的"人学"的哲理——人,是一个十分复杂、十分丰富、十分多元化的存在，根本无法用好人、坏人这样简单的"二分法"来划分和评判。文学形象的塑造，当然更不能如此。也正是有这些独特的、个性的、人物形象的塑造，使得古今中外诸多文学作品成为不朽。《黑杀口》就是这样一部好作品。

原载于《长安学刊》2020年第3期（总第55期）

诗意·深邃·神秘·离奇
—— 范墩子的短篇小说《葬礼歌手》赏析

我的小说《丑牛》在《西北文学》发表的时候，责任编辑就是范墩子老师，所以对范老师的作品，就多了一分关注。看完他的第一篇小说《摄影家》，便欲罢不能，被他丰富的语言表达能力、年少不羁的想象力，还有引人入胜的讲故事的能力所折服。于是，我就找来他的第一本小说集《我从未见过麻雀》，从头到尾把13篇小说看了一遍。今年年初他的第二本小说集《虎面》出版后，我又把里面的17篇小说通读了一遍，受益匪浅，感触良多。今天，我们就说说他的小说《葬礼歌手》。

记得有位大家讲过，小说就是把发生过的事情，通过回

白马河之恋

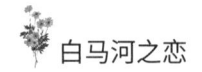

忆记录下来，通过文字呈现出来。范墩子的好几篇小说，都是小说主人公对少年生活的一些回忆，故事都发生在一个叫菊村的地方。小说中描述的菊村，有三面环山的闭塞，有不知终点的山路，有在山间晃晃悠悠的白云，有在村里四处流浪的狗，有高高的桐树、柿树，有吸人的树妖，有跳舞的狐狸，有半夜惨叫的猫头鹰，有怪叫的山风，有树杈少年范小东、山羊和阿朵，还有桀骜不驯的摩托车骑手张火箭。《葬礼歌手》讲述的就是摩托车骑手张火箭和葬礼歌手杨喇叭的故事。小说中的"我"和"我"的伙伴们，特别崇拜张火箭，甚至他的摩托车烟筒里排出来的烟气"我们"都觉得好闻，一群小孩追着摩托车跑，努力张开鼻翼，使劲吸摩托车排出的烟气，生怕比谁少吸一口。张火箭迷上了杨喇叭的歌，进而迷上了杨喇叭；杨喇叭迷上了张火箭的摩托车，进而也迷上了张火箭。他们俩之间的关系，有男女爱情的成分，但更多的是有共同的精神需求，都希望冲出目前生活的圈子，走向一个新的天地，但这个天地在哪儿，他们两人都是迷茫的。所以，他们一次次飙车、一次次彻夜长谈，是对找不到改变现状的突破口的这种情绪的发泄。而小镇上的人却不这么认为，他们觉得，这两个男女的行为，纯粹是一对不讲规矩的男女的淫乱行为，打破了小镇社会生态的平衡，所以一些表面上道貌岸然、背后心灵龌龊的人联合起来，要制止张火箭和杨喇叭的行为，结果张火箭被打伤，杨喇叭被殴打后精神失常。从此张火箭失去了走出去的勇气，老老实实地过起了小镇人的小日子——走街串户修雨伞。杨喇叭彻底疯了，每天坐在镇子的街上对过往的行人傻兮兮地笑。这就是《葬礼歌手》给我们所讲的故事。

范墩子的这篇小说有这么几个特点：

其一是小说的语言充满了诗情画意。许多处对环境的描写，文字优美得像散文、像诗：

"杨喇叭的歌声就是被风带到我们菊村上空的。她的歌声是我们在那个时候所听到的最好听的歌声。她唱歌的时候，连树上的鸟雀都会跟着叽叽喳喳地唱起来。"

"在一个夕阳灿灿的黄昏里，张火箭将摩托车骑出了菊村。我们从树杈上跳下来，撵上公路。我们眼睁睁地看着小镇上唯一拥有摩托车的张火箭，渐渐消失在远方。看着天边的云朵，我们怅然若失，仿佛丢掉了什么东西。"

"唢呐的声音在陆家上空形成一股气势庞大的气流。所有的景物都弥漫着死亡的气息，灰鸽在电线上立了许久后，朝着太阳落山的方向缓缓飞走了。"

"夜越来越深，似乎在这个时刻里，他们正去往远方。远方有忽闪的星斗，有无垠的天际。他们听着月亮对星星说话，他们忘记了现在是坐在一条没有人迹的公路旁边。"

"杨喇叭和张火箭就像两只黑色的大鸟，火箭一般地朝着远方飞。他们飞啊飞啊，越飞越高，越飞越远，身体往高处飘。飞翔中的杨喇叭，快乐无比。她忘记了所有。只感觉

白马河之恋

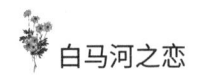

身体在往上升，几乎都要挨着天了。"

"张火箭只觉得他和杨喇叭正在一起升上月亮。

那挂在天边的月亮正是他和杨喇叭今夜的归宿。

那条公路不过是他们攀上月亮的云梯，他们爬啊爬啊，寂静让他们忘记了一切，只有许多的蛐蛐在两边的草丛中拼命地叫着。"

其二是深邃的隐喻。摩托车是一个象征，象征着少年心中的那份期盼与眺望。只有它才能带给张火箭和杨喇叭包括范小东突出重围的希望，摩托车被砸了，走出去的希望也破灭了。

其三是小说所营造的神秘感。几个涉世未深的孩子，每天躺在村口的树杈上，审视着村里进进出出的人们，包括摩托车骑手张火箭。于是，好多隐藏在背后的故事被他们发现了，始终营造着一种神秘感，激起读者探求的欲望。

其四是小说结局强烈的现实感与绝妙的离奇感，往往令人出乎意料。《葬礼歌手》的结局，如果往正常的方向发展，可以是张火箭和杨喇叭相爱了，然后骑着摩托车离开小镇，去更大的城市、更大的舞台发展，这是一种方向。也可以是俩人珠联璧合，在农村丧葬礼仪服务方面大显身手，劳动致富，改变人生。然而，万万没想到的是，舞台上光彩照人的杨喇叭竟然疯了，思维超前的张火箭也颓废沉沦，靠修雨伞讨起了生活。封闭的社会环境和人文环境，竟成了扼杀理想的坟墓。

以记忆为写作的空间，以乡村少年为写作的对象，这是范墩子的幸运。每位作家的每一次提笔，不见得都拥有这样的幸运。每个人的记忆看似平静，看似光滑，其实只要用心挖掘，总能发现其粗糙不平的纹路、跌宕多姿的肌理。希望范墩子这匹陕西文坛的黑马，能佳作迭出，驰骋中国文坛！

深夜花园里四处静悄悄,

只有风儿在轻轻唱,

夜色多么好,

心儿多爽朗,

在这迷人的晚上。